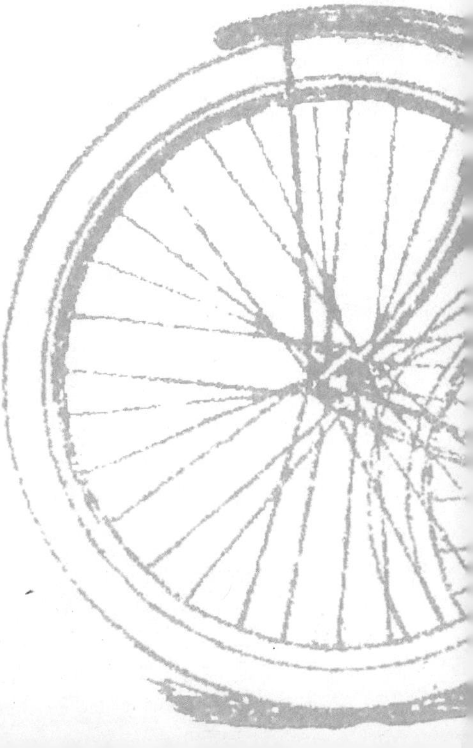

romance
11
livro
18

dag solstad

Traduzido direto do norueguês por
Kristin Lie Garrubo

nub
EDITORA

romance 11 livro 18
dag solstad

No momento em que esta narrativa começa, Bjørn Hansen acaba de completar cinquenta anos e se encontra na estação ferroviária de Kongsberg à espera de alguém. A essa altura, faz quatro anos que se separou de Turid Lammers, com quem viveu durante quatorze anos, desde o instante em que aportou em Kongsberg, uma cidade que, para ele, mal existira no mapa até então. Agora, mora num apartamento moderno no centro de Kongsberg, a poucos metros de distância da estação de trem. Quando chegou em Kongsberg, dezoito anos atrás, tinha apenas alguns poucos pertences pessoais, tais como roupas e sapatos, além de caixas e mais caixas de livros. Quando saiu do Casarão Lammers, também levou apenas pertences pessoais, tais como roupas e sapatos, além de caixas e mais caixas de livros. Essa era sua bagagem. Dostoiévski. Pushkin. Thomas Mann. Céline. Borges. Tom Kristensen. Márquez. Proust. Singer. Heinrich Heine. Malreaux, Kafka, Kundera, Freud, Kierkegaard, Sartre, Camus, Butor. Durante os quatro anos que se passaram desde a separação, ele havia pensado em Turid Lammers com uma sensação de alívio do que já acabou. Ao mesmo tempo teve de constatar, com um espanto que beirava a tristeza, que não era mais capaz de compreender, ou reviver, a razão por que alguma vez chegou a se encantar com ela. No entanto, não havia sombra de dúvida de que foi o que fizera. Caso contrário, por que teria acabado o casamento com Tina

Korpi, deixando ela e seu filho de dois anos para ir atrás de Turid Lammers até Kongsberg, na esperança velada de que o aceitasse? Foi por culpa de Turid Lammers que ele acabou em Kongsberg. Sem ela, ou sem o já esquecido encanto por ela, nunca teria acabado ali. Nunca. Tudo em sua vida seria diferente. Jamais pensaria em se candidatar para o cargo de tesoureiro municipal de Kongsberg, aliás, nem sonharia em se candidatar para qualquer cargo de tesoureiro, provavelmente teria continuado no ministério, teria feito uma carreira razoável lá, e hoje, com toda a probabilidade, seria chefe de repartição, ou teria obtido um alto cargo na Agência Nacional de Telecomunicações ou na Companhia Ferroviária, ou algo do gênero. Mas tesoureiro, jamais. Kongsberg, jamais.

Perturbava-o o fato de que não era capaz de reviver seu encanto por Turid Lammers, logo que a conheceu. Uma mulher ansiosa, franzina, era assim que lembrava dela. Quando a conheceu, ela acabara de voltar da França, onde tinha passado sete anos, e seu histórico incluía um casamento avariado. Àquela altura ela fixou residência em Oslo e imediatamente arranjou um amante. O amante era ele. Será que foi o fascínio diante do impacto causado pela ansiedade feminina sobre o ambiente que o fez cair em sua rede? As oscilações inquietas da mente? Depois de meio ano, o pai dela faleceu, e ela se mudou de volta para Kongsberg, a cidade provinciana de onde veio. Lá, passou a morar num velho casarão, assumiu a administração de uma floricultura com sua irmã mais velha e arranjou emprego como professora de ensino médio no Liceu de Kongsberg, onde dava aula de francês, inglês e teatro.

O pai faleceu em setembro. Ela foi para casa, para o enterro e a partilha, e retornou a Oslo depois de uma semana. Viveu como antes, coisa de um mês. Mas então decidiu de repente que se mudaria de volta para Kongsberg. Numa quarta-feira à noite comunicou isso a seu amante, no domingo se foi. Quando ela disse que ia se mudar, ele primeiro sentiu um alívio. Finalmente, poderia restabelecer a ordem normal em sua vida. Era casado com Tina Korpi, e os dois tinham um filho de dois anos de idade. Não havia contado a Tina sobre Turid, era uma aventura amorosa secreta de sua parte. Na verdade, era conveniente o fato de ela ir embora àquela altura, para Kongsberg, saindo de sua vida, sem deixar outra coisa em sua consciência além da lembrança de um pouco de felicidade roubada.

Mas aí ele cismou que não poderia tirar o corpo fora. Precisava ir para Kongsberg, para ela, senão teria feito algo de que se arrependeria pelo resto da vida. Sim, ao que lhe parecia, essa convicção clara de que se arrependeria o impossibilitava de voltar para Tina e o filho, de continuar como antes, agora sem a amante secreta. Portanto, revelou o segredo para sua esposa e saiu daquele casamento.

Porque além do alívio que primeiro sentiu quando Turid disse que voltaria para casa para sempre, havia também essa coisa de que já percebera que não poderia durar, já naquele momento ele tinha visto claramente aquilo que, quatorze anos mais tarde, o levaria a deixá-la. Não tinha nenhuma ilusão de que ela lhe traria a felicidade. Mas ao se dar conta de que realmente tinha ido embora, sentiu saudades tão desmedidas que foi tomado por uma vontade simplesmente moral de ficar perto dessa mulher que sempre emitia sinais nervosos para o ambiente, que nunca parava quieta, que vivia cheia de caprichos, o tempo todo, a cada hora do dia.

É possível que tenha dito a Tina que encontrara o amor e que não poderia traí-lo. Provavelmente foi o que disse. Ele se incomodava com o fato de que não conseguia lembrar nada sobre Turid Lammers aquela época que justificasse essas palavras grandiosas. Com a exceção de alguns episódios insignificantes, como ele e Turid andando de braços dados pela calçada. Então Turid se depara com uma casca de banana logo na sua frente. Ela se agacha e, sem soltar o braço dele, a pega. Em seguida, joga a casca bem no meio da rua e diz alegremente: Tomara que os carros derrapem nela. Meu Deus!, pensou então (ou mais tarde), essa é sua maneira de resolver problemas. Ele era funcionário ministerial, uma carreira que havia iniciado logo depois de se formar em economia seis anos antes, sim, com apenas 32 anos de idade, já havia alcançado o cargo de chefe de gabinete. Sua amante também tinha 32 anos e era professora de ensino médio. E ela tirou a casca de banana da calçada e simplesmente a arremessou. Para os carros. Que loucura, ele deveria estar fascinado. Mas também alarmado, pelo menos tendo em vista a possibilidade de viver com ela (mas isso deve ter sido mais tarde). Será que foram episódios como esse que o fizeram dizer a Tina que tinha encontrado o amor e não poderia traí-lo? A alternativa teria sido dizer que tivera uma aventura amorosa de que era incapaz de abrir mão. No entanto, não poderia ter dito isso, apesar de ser uma expressão precisa da razão por que Bjørn Hansen, um rapaz pobre de uma cidade costeira da Noruega, esse jovem funcionário público bem-sucedido de um de nossos ministérios, abandonaria sua esposa e seu filho de dois anos a fim de ir para Kongsberg e um futuro incerto. Era sua obsessão pela aventura que o tinha tragado, tão intensamente que mal pôde respirar, e não o amor por Turid Lammers. Era a atração daquilo. No fundo, Bjørn Hansen sabia que a felicidade fugaz era a mais desejável desse mundo, e agora a estava experimentando ao visitar Turid Lammers às escondidas em seu pequeno apartamento de St. Hanshaugen, em Oslo. Nunca vivera tão intensamente antes, pois estava ciente de que se encontrava num lugar onde não ficaria por muito tempo. Era um jogo arriscado. Felicidade roubada. E já que Turid Lammers era o objeto de toda essa felicidade roubada, ele também acabou dizendo, para si mesmo, que era o amor por ela que não poderia trair. Mas não era isso.

Turid Lammers não era nada fora da aventura, das circunstâncias em torno de seu relacionamento. Sua mímica, seus olhares, seus gestos, que eram capazes de fazer seu corpo estremecer, aqueles pulsos delgados!, uma graça tão bonita e francesa, sua maneira de andar, tudo adquiria o brilho das circunstâncias em torno de seu relacionamento. Ele sabia tudo isso. Para dizer a verdade, estava plenamente consciente. Plenamente consciente de que tinha jogado esse jogo e cultivado esses momentos roubados. Deveria ter dito o seguinte para sua esposa: não tenho como saber se é amor, afinal, mal a conheço. Só a conheço em situações nas quais é o objeto de meu fascínio. Mas essas situações satisfazem tantos de meus desejos mais íntimos, sim, de minhas expectativas sobre a vida, que agora que ela traiu essas situações ao deixá-las, preciso ir atrás dela para tentar encontrá-la de novo.

 A única coisa sobre essa ruptura de que se arrependia era não ter dito a sua esposa, sem rodeios, em que pé estavam as coisas. Fora isso, aceitava que tudo tinha ficado do jeito que ficou. Agora, dezoito anos mais tarde, ainda aceitava que tinha sido certo de sua parte abandonar uma esposa desavisada e o filho pequeno que estava dormindo no quarto ao lado. A fim de procurar a mulher que, para ele, representava a aventura, mesmo sabendo que a aventura já havia passado, uma vez que estava saindo de seu casamento e indo atrás de Turid Lammers. Não tinha nenhuma esperança de reviver o que se passou, mas desejava preservar as reminiscências daquilo, ou seja, dela, respirar dentro do mesmo quarto que ela. Não podia trair isso. Nessa infidelidade consciente, encontrara uma intensidade e um suspense que, de resto, ele só era capaz de observar com fascínio, mas sem compreender por completo, na arte e na literatura.

 Então ele tinha ido embora. Depois de contar a Tina Korpi que era prisioneiro do amor e precisava seguir sua chamada. Tina Korpi parecia estar num estado de choque.

Estava sentada numa cadeira, estupefata, por assim dizer, apenas olhando para ele enquanto não parava de repetir: então, era por isso. Eu deveria ter percebido. Ele tinha receado que houvesse cenas angustiantes e especialmente cenas em que gritassem em voz alta um para o outro, acordando o filho que estava no quarto ao lado e assim sendo obrigados a entrar no quarto para consolá-lo, e que ele, talvez, tivesse de tirá-lo do berço. Mas isso não aconteceu. Bjørn Hansen juntou alguns poucos pertences pessoais, os quais foi levando para o carro por etapas, enquanto ela continuava estupefata em sua cadeira toda vez que ele voltava, repetindo seu lamento de "então era por isso". Enfim, ele estava pronto e foi embora.

Dirigiu até Drammen, sob as luzes alaranjadas das luminárias suspensas sobre a rodovia E18, atravessando a cidade ao longo da margem leste do rio de Drammenselva e depois subindo em direção a Hokksund, sempre margeando o lado leste de Drammenselva. Em Hokksund, a estrada fazia uma bifurcação, um caminho passava por Drammenselva e ia para Kongsberg, Notodden, Numedal, Øvre Telemark, era aquele que ele pegaria. Mas primeiro parou na frente de Eikerstua, um restaurante de beira de estrada, logo antes da bifurcação, e entrou. Era tarde da noite, mas ainda havia fregueses no local que comiam hambúrgueres abertos e tomavam café, eram motoristas de carros de passeio assim como ele, ou caminhoneiros, cujas carretas pesadas e volumosas estavam estacionadas na frente do restaurante. Bjørn Hansen foi direto para o orelhão e discou o número de Turid Lammers. Sentiu-se muito apreensivo, pois não tinha avisado de antemão que estava a caminho. (Não quero ser a amante de um homem casado, Turid Lammers tinha dito ao se mudar para Kongsberg, num tom de voz totalmente neutro, que não lhe dera qualquer razão para pensar que desejava que fizesse sua parte para que ela não o fosse).
Escutou sua voz ao mesmo tempo que ouviu as moedas

caírem dentro do aparelho, de modo que poderia falar e saber que ela estava ouvindo. Ele lhe contou o que tinha acontecido e que se encontrava num restaurante de beira de estrada uns vinte quilômetros ao norte de Drammen, perto da saída de Kongsberg. Perguntou se poderia ir lá, e ela disse que sim.
Ele entrou no carro outra vez e foi dirigindo em direção a Kongsberg. De repente, estava no coração da Noruega, uma Noruega inóspita, coberta de florestas, distante e (exceto para os que ali viviam) longe de tudo, mesmo que estivesse a uma distância de apenas setenta quilômetros da capital do país. Era pleno inverno e a neve caía espessa. Apesar de ser uma rodovia, a estrada era estreita, além de escorregadia e sinuosa. Altos bancos de neve fria e compactada a ladeavam. Campos planos, enterrados na escuridão branca, barrancos e depressões. Fazendas isoladas. Florestas de abetos. Uma lâmpada solitária no meio da noite, colocada na parede de uma casa térrea moderna, posicionada aleatoriamente, e em torno da qual a neve fazia um rodopio branco. Lagos congelados. Rios solidificados. Abetos desgrenhados. Pingentes de gelo que pendiam de rochedos que se precipitavam em direção à pista e eram iluminados pelos faróis do carro de Bjørn Hansen. A viagem demorou muito mais do que o esperado porque era preciso manter uma velocidade baixa nessa paisagem invernal, dentro da qual ele, seguindo a estrada estreita, sinuosa e escorregadia, embrenhou-se cada vez mais até, de repente, numa descida íngreme, perceber que se encontrava nos arredores de uma cidade. Logo depois, ele saiu da estrada principal e entrou na cidade iluminada de Kongsberg.
 Era tarde da noite, mas havia um número surpreendente de pessoas na rua devido ao fato de que a última sessão do cinema acabara de terminar, já que eram 23h10. Ele dirigiu um pouco sem rumo à procura de um ponto de táxi. Encontrou um perto da estação de trem e estacionou

ali. Foi até um taxista que estava sentado no carro aguardando sua vez. Leu o endereço de Turid Lammers, que estava escrito num pedaço de papel, e o taxista lhe deu uma explicação detalhada sobre como chegar lá. Cinco minutos mais tarde, estacionou na frente de uma casa grande, mas algo decaída, que, a julgar pelo endereço, era onde Turid Lammers vivia.

Ela não estava à porta aguardando-o. Tocou a campainha, e, de acordo com ele, demorou um bom tempo antes de ela abrir. Mas quando o fez, parecia feliz em vê-lo. Tinha acendido a lareira e preparado uma refeição para ele. Parecia tranquila e relaxada, muito mais relaxada do que ele havia esperado, naquele casarão cheio de correntes de ar que ela tinha herdado.

Por quatorze anos ele iria morar nesse velho casarão. Como o parceiro de Turid Lammers. E ele ainda morava em Kongsberg. No início, fazia a viagem diária de ida e volta a Oslo, para seu cargo no ministério. Quem era Turid Lammers? Em Oslo, ela tinha sido uma mulher atraente no turbilhão da cidade grande que por acaso conhecera e com quem se encantara. Agora, ela havia voltado para sua terra natal e até se mudara para a casa de sua infância, vivendo dentro de parâmetros que antes só existiram como peculiaridades esporádicas (e muito charmosas) de sua personalidade. Como seu amante em Oslo, ele se interessara mais pela parte francesa de seu passado, os sete anos na França, que a tornaram mais sábia (ele supunha) e ao mesmo tempo conferira aos seus movimentos essa graça adquirida, sem a qual ele (por conta da aventura amorosa que lhes dera seu brilho) não poderia viver. Sobretudo os gestos. A maneira mediterrânea de usar as mãos como acessórios estéticos ao que a boca enunciava lhe fascinara de uma forma quase infantil, fazendo com que mal escutasse o que dizia por estar tão absorto na maneira como ela o expressava. Assim ele só conheceu seu lado provinciano de passagem, o que na época se apresentava dentro do contexto de seu ar exoticamente mediterrâneo. A mulher francesa que falava de sua irmã impossível de Kongsberg. Mas agora tudo isso se tornou a realidade dentro da qual Turid Lammers vivia, e, consequentemente, ele também. No passado, a família Lammers tinha sido dona de metade de Kongsberg e arredores. Florestas, terras, lojas, terrenos, indústrias madeireiras etc. Mas quando o pai morreu, só sobraram uma floricultura e um posto de gasolina, além do antigo Casarão Lammers. A irmã herdou o lucrativo posto de gasolina, que seu marido administrava, e Turid ganhou, depois de muitos poréns, o casarão, enquanto a floricultura passou para as duas irmãs juntas. Tudo isso levou a uma rixa que ainda não tinha terminado quando Bjørn Hansen, depois de quatorze anos, finalmente se mudou do Casarão Lammers e foi morar sozinho. Na verdade, era uma questão de qual das irmãs melhor representava o legado, o nome Lammers.

    Ao que parecia, Turid Lammers estava muito acima desse tipo de coisa, o que seu parceiro, Bjørn Hansen, também acreditou por muito tempo. Era antiburguesa por natureza, desprezava conversa de dinheiro e a maneira como a irmã se apoderava das coisas, segundo ela mesma dizia, sendo totalmente sincera nesse ponto, e, ao ver uma molheira de duzentos anos de idade escorregar de suas mãos e se despedaçar no chão enquanto o molho escorria entre os cacos de porcelana, durante uma das festas que eles deram no Casarão Lammers, ela riu, e seus olhos até brilharam quando exclamou: Este é um momento histórico! Duzentos anos escaparam de minhas mãos e se transformaram em nada! Foi aplaudida de pé pelos convidados. Mas Bjørn Hansen sabia que a cena da molheira despedaçada a atormentava. Pois na altura em que isso aconteceu, ele já vivia com ela, como seu marido, havia dois anos.

    No entanto, esse não era o caso quando ele uma noite voltou de Oslo e do ministério e ela, durante seu jantar tardio, lhe jogou a edição do dia do *Lågendalsposten*, indicando um anúncio. Bjørn Hansen se considerava uma pessoa morosa, introvertida e pouco espontânea. O anúncio era de uma vaga, estavam procurando candidatos qualificados para o cargo de tesoureiro municipal de Kongsberg. Bjørn Hansen leu o anúncio e depois lançou um olhar interrogativo para Turid. Havia algo no teor do anúncio que despertara seu senso de humor antiburocrático? Mas Turid apontou para o anúncio mais uma vez e disse: – *For you, my dear*. Tesoureiro municipal, deve ser algo para você, não? – Bjørn Hansen olhou para ela de novo. Ele riu: – Bem, por que não?

Bem, por que não? Por que não se candidataria ao cargo de tesoureiro municipal de Kongsberg, já que morava nessa cidade? Dito e feito. Bjørn Hansen candidatou-se solenemente ao cargo de tesoureiro municipal de Kongsberg.

O que é um tesoureiro municipal? Um cobrador de impostos. É o responsável pela arrecadação, dentro do prazo, dos devidos impostos e tributações estatais e municipais e pela implementação das medidas necessárias caso os pagamentos não ocorram. Originalmente, o cobrador de impostos ocupava um elevado cargo público, era o oficial de justiça, ou o bailio, que exercia essa função, e ele era o homem do rei. Mais tarde, surgiu o tesoureiro.

Este era um funcionário municipal, respeitado e de confiança, mas o cargo que desempenhava tinha suas raízes na sociedade urbana, e o fato de que o cobrador de impostos passou de oficial de justiça a tesoureiro municipal pode ser visto como uma expressão da mudança do caráter do Estado, cuja base oficialista se transformou em uma extensa democracia local. O tesoureiro de uma pequena cidade norueguesa do século XX não era um alto funcionário do Estado, era recrutado por meio dos procedimentos rotineiros da cidade onde exercia sua função, geralmente não tinha formação superior, mas era formado na Escola Técnica de Comércio

ou no curso colegial de comércio e subira na hierarquia da tesouraria municipal.
A apresentação da candidatura de Bjørn Hansen não foi um gesto amigável para com a repartição. Com seu diploma de mestrado e experiência ministerial, ele na verdade era qualificado demais e, portanto, passou na frente de dois funcionários veteranos do escritório que ultimamente estavam olhando de cara feia um para o outro porque ambos se achavam aptos para chegar ao topo. Bjørn Hansen arrebatou o título bem debaixo do nariz dos dois. E imediatamente se uniram contra ele, desde o dia em que ele, o forasteiro que morava com Turid Lammers no Casarão Lammers, um esnobe de 32 anos com formação excessiva, um membro da geração privilegiada, pela primeira vez foi ver de perto seu escritório e seus colegas.
Tinha se mudado para Kongsberg. E agora, depois de se candidatar ao cargo de tesoureiro da cidade por um capricho, o tinha levado. Na realidade, encolheu os ombros. Para que seria tesoureiro municipal, meu Deus? E justamente tesoureiro? Foi um capricho e tanto, pensou, surpreso. Mas Turid passou pelas salas do Casarão Lammers cantando: Meu marido é tesoureiro. Meu marido é tesoureiro. Vivo com o tesoureiro. Vivo com o tesoureiro. Bjørn Hansen olhou para ela com admiração. Não pôde conter o riso.
Havia algo de ousado na animação de Turid Lammers que o fascinava. Instigado por ela e com um encolher de ombros, ia para a labuta. Será que pensava que esse trabalho era um beco sem saída em termos de carreira, para não dizer mais? Bem, sabia disso, mas enfim encolhia os ombros. Para ele, era mais importante conseguir um emprego em Kongsberg, pois estava ficando cansado dos deslocamentos diários (era desgastante para o relacionamento também). Não teria nada contra continuar no ministério, mas não enquanto morava em Kongsberg. E agora morava em Kongsberg, esse era um fato.

Bjørn Hansen crescera numa cidade litorânea à beira de Oslofjorden, como filho de pais humildes. Era um menino pobre. Mesmo assim foi natural para ele cursar o ensino médio, já que levava jeito para os estudos. Aos dezenove anos se formou, e, depois de dezesseis meses de serviço militar, teve de decidir o que seria na vida. Bjørn Hansen decidiu ir a Oslo para estudar. Na realidade, estava mais interessado em arte e literatura, filosofia e o sentido da vida, mas optou por estudar economia. Não só porque sempre tinha sido bom em contas e matemática, mas também porque tinha uma vaga sensação de que precisava subir e prosperar na vida, para não acabar na mesma pobreza de seus pais, pelo menos queria fugir do amargo sacrifício, e se a arte e a literatura, a filosofia e o sentido da vida não lhe pareciam um amargo sacrifício, aquilo tudo era simplesmente algo luxuoso demais a seu ver. Para ele, a arte e a literatura não eram cursos universitários propriamente ditos, mas interesses que poderiam ser cultivados no tempo livre, não constituíam meios para conseguir um cargo, que era como ele, com genuíno senso comum popular, via os estudos acadêmicos. Por isso, economia. Mas havia duas maneiras de estudar as ciências econômicas, você poderia se tornar administrador de empresas (em Bergen) ou economista (em Oslo). Para Bjørn Hansen, tinha de ser economia. O programa de administração de empresas levava ao setor privado, àquela selva com certeza instigante lá, mas ficava tão distante do ponto de partida de Bjørn Hansen, de sua moral, inteligência social etc. que estava fora de cogitação. Em função de uma espécie de consciência social, escolheu economia e, consequentemente, um cargo vitalício dentro da administração pública. Enfim, optou por se tornar servidor do Estado, e isso por falta de alternativas.

    Na época em que conheceu Turid Lammers, ele estivera no ministério fazia seis anos, (durante os dezoito anos que se passaram desde que chegou em Kongsberg,

Bjørn Hansen sempre dizia: eu trabalhava no ministério, nunca especificando qual), e se alguém lhe perguntava que ministério, respondia: hum, um ministério, não me lembro direito mais, e não arredava pé, mesmo que todo mundo soubesse que estava mentindo e estivera prestes a subir na hierarquia. Não que tivesse algo contra, ele o via como completamente natural e teria vontade de se tornar chefe de repartição ou chefe de departamento, estava contente no ministério, achava interessante elaborar estimativas orçamentárias, compreendendo muito bem que as estimativas orçamentárias com que trabalhavam, em diversas variantes, teriam um significado prático para o dia a dia de centenas de milhares de noruegueses, uma ideia que de forma alguma contribuía para que se perdesse o interesse pelo trabalho. Era um trabalho sensato que Bjørn Hansen executava, e ele tinha vontade de continuar assim. Mas quando Turid, quase rindo, o instigou a se candidatar para o cargo de tesoureiro de Kongsberg, não teve nenhum problema em dizer adeus à carreira ministerial, e, durante os dezoito anos que se passaram desde então, nunca sentira falta dela.

    Será que se tornou tesoureiro por causa de Turid? Pelo menos, não teria se tornado tesoureiro sem seu incitamento. Sem sua animação com a ideia de que seu parceiro seria o tesoureiro da cidade. Era uma coisa de louco, os olhos de Turid resplandeciam, e ele pensou: Vou fazer isso! Caramba, vou fazer isso, e, no mesmo instante, sentiu uma satisfação delirante porque de fato iria fazê-lo. Era a ruptura definitiva com tudo do passado. Foi o que o uniu de vez a Turid Lammers. A essa cidade. A seu relacionamento nesse grande e dilapidado Casarão Lammers. À aventura, que já adquirira tantos aspectos absurdos e pela qual ele continuou a sentir o mesmo fascínio.

    Mas para surpresa de Turid (e, aliás, para sua própria surpresa também), desde o primeiro momento ele se lançou a seu trabalho com grande seriedade, sim, quase com fervor.

Em parte, porque percebeu como a resistência do escritório se manifestou contra ele desde o início, por aqueles dois que foram preteridos. Para dizer a verdade, achou que tinha se comportado com certa deselegância em relação a eles. Afinal de contas, era o trabalho deles, eles deveriam ter disputado o cargo, e aquele que não o ganhasse guardaria rancor para sempre contra o outro e o sabotaria com intensidade, discretamente, mas com todo tipo de malvadeza possível, ao invés de, como era o caso agora, eles unirem forças como amigos e, aos poucos, como amigos íntimos até, direcionando toda sua maldade contra ele, o novo tesoureiro. Ele, que sem mais nem menos conseguira esse cargo de gestão (tinha dezesseis subordinados), se viu às voltas com um desafio e tanto. Intrigas e vileza. É completamente indescritível quanta baixaria um funcionário de uns cinquenta anos de idade de uma tesouraria municipal é capaz de inventar se acredita ter levado uma rasteira e ter sido impedido de alcançar seu auge natural como tesoureiro da cidade. E quando, como nesse caso, há dois da mesma laia, farinha do mesmo saco, como se diz, o clima na tesouraria, às vezes, poderia ser mais do que tenso. Nos cantos, não havia poeira, assim como as pessoas geralmente pensam quando se trata de escritórios onde pessoas de autoridade secas e rangentes passam seus dias, mas focos purulentos. No entanto o clima o fortaleceu, sim, o fez amadurecer, se não como ser humano, pelo menos como tesoureiro, e no caso era isso que importava.

  Outra razão por que Bjørn Hansen desde o primeiro dia preencheu seu cargo como tesoureiro de Kongsberg com uma seriedade que beirava o fervor foi a de que esse era seu trabalho. Ele tinha se candidatado a um cargo e foi nomeado. Não era sua missão na vida, mas seu trabalho. Ao ver de Bjørn Hansen, o trabalho era um mal necessário. Como vimos antes, escolheu sua formação com base no mal necessário para o qual se quis habilitar. Depois de feito o trabalho, você poderia se dedicar ao verdadeiro significado da vida, que, no caso de Bjørn Hansen, obviamente era uma mulher. Viver com uma mulher, Turid Lammers. Mas primeiro você é obrigado a participar do mutirão público que é o trabalho, para que as rodas continuem girando, enfim, fazer com que a sociedade funcione, para que haja bife no açougueiro, escolas para as crianças e os jovens, roupas para vestir, interruptores de luz nos corredores, água corrente nas torneiras, aparelhos de rádio, nos quais alguns se encarregam de falar, outros, de os produzir, e, se o rádio quebra, alguns se responsabilizam por consertá-lo, assim as rodas giram, e quando a neve cai espessa sobre Kongsberg, as escavadeiras devoram os bancos compactados de neve possibilitando que mais neve seja amontoada sobre as beiras das estradas em forma de bancos de neve, para que as rodas girem. Em meio a tudo isso, Bjørn Hansen tinha assumido a tarefa de chefiar a repartição incumbida de arrecadar o capital de giro necessário para o município e o Estado. Ele se tornara o cobrador de impostos implacável dessa cidade provinciana. O servo rigoroso do Estado.

Kongsberg fica bem no centro da Noruega. À beira do rio Lågen, que atravessa a cidade formando um belo arco e dividindo a Cidade Velha da Cidade Nova. Uma ponte imponente unia as duas cidades, que estavam adornadas com esculturas em homenagem ao trabalho, tais como a mineração e o transporte fluvial de madeira. O centro moderno era bastante parecido com todas as outras cidades da Noruega e tinha suas avenidas com lojas onde se podia comprar, em abundância, aquilo que a civilização moderna tinha a oferecer, desde agulhas de tricô até computadores avançados. Era ali que havia o corre-corre. O centro antigo abrigava a maior parte da administração da cidade, cercada de construções decaídas de madeira que datavam dos velhos tempos, isso era no início dos anos 1970. Uma igreja magnífica numa colina. Uma delegacia muito majestosa num antigo palacete. Uma prisão sombria, tudo situado em torno da praça da igreja. Além do quartel dos bombeiros e, também não se deve esquecer, da prefeitura com suas várias funções. A cidade foi criada em torno da mineração de prata. Abrigando as únicas minas de prata do reino dano-norueguês, a cidade foi fundada por Christian IV no século XVII. Lá viviam milhares de trabalhadores e especialistas em mineração vindos da Alemanha, bem como altos funcionários dinamarqueses. A cidade tinha uma localização privilegiada, rodeada de colinas, que eram verdes da primavera ao outono e brancas no inverno. O rio era azul da primavera ao outono e branco, por causa do gelo, no inverno. Lá ficava a Kongsbergs Våpenfabrikk, uma indústria de armamentos, e a Casa Real da Moeda, que ainda produzia as moedas norueguesas. Lá havia outras indústrias, lá havia lojas, comerciantes, dentistas, advogados, médicos, funcionários, balconistas, secretárias, professores, servidores municipais – e trabalhadores. E todos eram obrigados a pagar impostos.

Bjørn Hansen se adaptou com rapidez surpreendente nessa cidade. Também como tesoureiro. Em pouco tempo, estava cumprimentando diversas pessoas que encontrava pelo caminho entre o Casarão Lammers e a prefeitura, onde ficava a tesouraria. Duas vezes por dia ele fazia esse trajeto a pé, primeiro de manhã, indo para o escritório, depois à tarde, saindo do escritório. A maior parte da jornada passava no escritório, interrompida por reuniões no gabinete do vice-prefeito, onde apresentava relatórios financeiros sobre a receita fiscal até a data e como esta correspondia aos prognósticos feitos no orçamento. Era uma vida cômoda, o trabalho implicava muita responsabilidade, mas não o sobrecarregava. De modo geral, eram os mesmos procedimentos, e se você os conhecesse, as coisas funcionavam mais ou menos automaticamente. Nunca precisava levar trabalho para casa. Achava que era recebido de forma amigável em todo lugar. Poucos pareciam pensar nele como a autoridade temível do poder público que, com mão de ferro, tomava medidas enérgicas contra dívidas tributárias pendentes e a falta de pagamento de IVA (Imposto sobre Valor Agregado). Poucos pareciam pensar no fato de que seu nome, sua assinatura, num papel timbrado, significava que o Estado cobrava sua parte, sem qualquer discussão. Com Bjørn Hansen, o tesoureiro, numa folha de papel, seus subalternos saíam, tocavam as campainhas de casas particulares, entravam educadamente e apreendiam, sem dar ouvidos aos protestos, aparelhos de TV, móveis, quadros, como penhora do Estado por pagamentos faltantes. Ele até abria falência de lojas e empresas, com as consequências inerentes a isso, não apenas para os proprietários desafortunados, mas, pelo que se verificava depois, ainda mais para aqueles que haviam trabalhado com o suor de seus rostos nessas mesmas lojas e empresas. No entanto, quando passava na rua, as pessoas o cumprimentavam amigavelmente e ele devolvia amigavelmente a saudação. Apesar dos boatos sobre as desavenças internas da tesouraria, onde ele, o forasteiro, se opunha aos dois veneráveis batalhadores de Kongsberg, o novo tesoureiro tinha uma relação superficialmente amigável com muitas pessoas. Em parte, isso se devia a seu trabalho, por meio do qual entrava em contato com um número considerável dos habitantes da cidade, sobretudo os empresários e os ocupantes de cargos públicos, mas a razão principal era que a maioria das pessoas que cumprimentava eram integrantes da mesma associação que ele, a saber, a Sociedade Teatral de Kongsberg.

    Pois ele se tornara membro da Sociedade Teatral de Kongsberg, um membro entusiasmado até. Foi Turid Lammers quem o induziu. Ela havia feito teatro amador em sua tenra juventude e agora, ao voltar para suas raízes, não demorou a se filiar à Sociedade Teatral de Kongsberg outra vez, da qual muitos de seus amigos da juventude ainda eram membros. E Turid Lammers tinha até evoluído durante os anos que ficou fora. Estudara teatro, tanto na Noruega como na França, e a essa altura dava aula de teatro no Liceu de Kongsberg, além de inglês e francês, disciplinas mais comuns. Tendo sido recebida de braços abertos, ela já se tornara uma integrante valiosa e não demorou muito para que começasse a tentar convencer Bjørn Hansen a participar do grupo. Ele resistiu dizendo que não era nenhum ator, mas ela disse que havia tantas outras coisas que poderia fazer, afinal, o que importava era o ambiente social. No entanto, Bjørn Hansen opinava que já que não era nenhum ator, se tornaria uma espécie de integrante de segunda categoria do grupo, e isso ele não queria. Turid protestou vigorosamente, dizendo que tinha certeza de que poderia se tornar um bom ator, ele simplesmente nunca tinha tentado. Além do mais, todos eram iguais na Sociedade Teatral de Kongsberg, tratava-se de um princípio, eles se revezavam nos papéis principais, e todos estavam envolvidos, aliás, era preciso tanta coisa para conseguir montar um espetáculo completo. O resultado foi que Bjørn Hansen se juntou ao grupo, acompanhando sua parceira aos ensaios, se filiando à Sociedade e assim se tornando um dos iniciados.

    A Sociedade Teatral de Kongsberg encenava um espetáculo por ano, era o evento do ano. No final do outono, apresentavam a peça seis vezes no cinema de Kongsberg, depois de preparativos que iam desde a época de Natal do ano anterior. Para a primeira encenação, Bjørn Hansen se tornou uma espécie de faz-tudo e auxiliar de palco. Fazia serviços de rua, cuidava dos pedidos, ajudava na organização da venda dos ingressos, era caixa e dava uma mão na elaboração do orçamento, fazia forte propaganda pelo espetáculo iminente, tanto na tesouraria como na prefeitura em geral, e, quando chegou o dia do espetáculo, ele se encontrava ocupadíssimo nos bastidores, apressadamente transferindo adereços e mudando o cenário entre os atos, enquanto o pano de boca estava fechado e a plateia lotada podia ouvir o arrastar de móveis pesados que estavam sendo puxados sobre o piso do palco e um baque forte assim que uma poltrona foi colocada no chão por um suado Bjørn Hansen. Que, no próximo instante, na hora que a cortina se abriu novamente, se encontrava nos bastidores, ansioso para ver como a próxima cena se desenvolveria, se o público estaria empolgado, se Herman Busk, o dentista cantor, se superaria essa noite; este, nervoso, estava dando os últimos passos em direção à ribalta e passou por Bjørn Hansen, que, comovido, sussurrou Boa sorte! em voz quase inaudível para outra pessoa além dele mesmo.

Sim, ele ficou cada vez mais envolvido com o teatro. Gostava do ambiente em torno da criação do teatro amador. Fez amizade com as pessoas. Turid e ele passaram a compartilhar o mesmo interesse nas horas vagas, o qual se tornou praticamente uma paixão. Turid virou uma figura de destaque na Sociedade Teatral, afinal, era quase profissional, já que era professora de teatro. Amava fazer teatro e sabia como ter o público na palma da mão; dos bastidores, Bjørn Hansen percebia como a população de Kongsberg simplesmente se encantava com sua parceira, a mulher por cuja causa ele se encontrava ali, e sentiu um grande orgulho. Ele a observava quando voltava do palco, depois de conquistar seu público, toda trêmula e com uma expressão ensimesmada e sonhadora no rosto. – Excelente – sussurrava, e ela se sobressaltava antes de continuar, apressada, para o vestiário e os preparativos da próxima atuação. Sim, o regresso de Turid Lammers a casa certamente beneficiara a Sociedade Teatral de Kongsberg. Ela se tornou a figura central da Sociedade. Sabia tudo, tanto no palco como nos bastidores. Mas não era nenhuma prima-dona. De fato, nunca pegou o papel principal, deixando-o para as outras. Optava por brilhar em papéis secundários, é certo que eram papéis coadjuvantes de peso, mas não era o papel principal. Os outros sempre a incentivavam a assumir o papel principal. Mas ela não quis. Não seria certo, dizia. Fora do palco, porém, o papel principal era dela, suas ideias sobre o figurino sempre prevaleciam. A escolha dos tecidos era, em última análise, sua escolha. Se o diretor potencial não era do agrado de Turid Lammers, ele simplesmente não seria o diretor. O Casarão Lammers se tornou o coração natural das atividades da Sociedade Teatral, lá os figurinos eram costurados, as ideias concebidas e as festividades realizadas. Lá, os amigos da Sociedade Teatral de Kongsberg iam e vinham à vontade e a qualquer hora do dia ou da noite. Lá ia Jan Grotmol, um adônis que trabalhava na ferrovia. Lá ia Brian Smith, engenheiro da Kongsberg Våpenfabrikk e sucesso garantido com seu baixo grave e sotaque carregado. E a senhora Smith, que só sabia inglês, mas era professora formada em trabalhos de agulha (rendas). Lá iam o dr. Schiøtz do hospital e Sandsbråten, o antigo chefe dos Correios. Lá iam as mulheres bonitas para as quais Turid Lammers deixava os papéis principais, eternamente gratas. Lá ia o dentista Herman Busk, que se tornaria o melhor amigo de Bjørn Hansen, lá iam velhos assistentes de loja, jovens estudantes, horticultores, soldadores, e sobretudo um sem-número de professores, de todas as idades, ambos os sexos, e cada uma das escolas da região de Kongsberg, bem como representantes dos serviços de saúde. E dois trabalhadores.

  Era um ambiente cheio de entusiasmo, porém com certa tendência à arrogância. Eles se viam a si mesmos como pessoas com disposição de sobra e consideravam esse hobby uma vocação, pois em todos os seres humanos havia uma força vitalizante que muitas vezes era reprimida, domada, mas que no caso deles poderia aflorar livremente no teatro, no espetáculo, na brincadeira. O homem como ser lúdico, ou *homo ludens*, conforme diziam, era seu ideal, um ideal cuja representação também coube a Bjørn Hansen. Pois ele já se tornara parte daquilo por ser o parceiro de Turid Lammers, mas também porque compartilhava plenamente seu fascínio por, antes de um espetáculo, estar atrás da cortina e espiar a plateia através de uma fresta, para ver o público entrar em grande número naquela sala de cinema iluminada, ocupando seus lugares logo antes do início da peça. Apresentavam farsas ou operetas, todo ano havia uma discussão interna na Sociedade Teatral se deveriam apresentar farsas puras, especialmente comédias de intriga, cujo sucesso era garantido, ou se iriam arriscar uma opereta, que era mais universal, e, em geral, uma opereta ou um musical acabava saindo vitorioso. *My Fair Lady, Verão no Tirol, Oklahoma, Bør Børson*. Era a década de 1970. Bjørn Hansen estreou em *Oklahoma*, como figurante. Ele era caubói, integrante do coro, e dançava usando roupa de caubói, tendo aprendido alguns truques simples de dança e cantando com a voz que tinha. Correu bem. Passou a participar todos os anos, e, com toda a sinceridade, poderia dizer que poucos noruegueses já cantaram, em público, o refrão de mais músicas de opereta do que ele. Apesar de nunca antes ter subido num palco, deu certo. Ele quase se sentiu estonteado, mas Turid Lammers disse que isso não a surpreendia, acrescentando que, se não fosse pelo fato de que os dois viviam juntos como marido e mulher, ela o teria sugerido para um papel realmente grande no ano seguinte.

    Foi assim que a existência de Bjørn Hansen tinha ficado. Essa era sua vida. Em Kongsberg. Com Turid Lammers, a mulher com quem precisava viver pois temia que, caso contrário, se arrependeria de tudo. Turid Lammers era o centro das atenções de um círculo. Sua beleza e sofisticação deixavam todos deslumbrados. Por que não se casaram? Porque Bjørn Hansen pressupunha que Turid Lammers consideraria uma pergunta dessa vinda de sua boca como abaixo de sua dignidade. Ele não abrira mão de tudo e fora para Kongsberg por ela, a fim de viver com ela sem garantias? Para os outros do círculo, a presença de Bjørn Hansen no Casarão Lammers era completamente natural. Era um homem que tivera a oportunidade de largar tudo, e de fazê-lo na companhia de Turid Lammers. Ao ver Turid Lammers desabrochar no círculo em torno da Sociedade Teatral de Kongsberg, ele também pensava assim. Mas, além disso, havia reparado em outra coisa a respeito dela, era que ela sempre vivia de acordo com algo que tinha chegado ao fim fazia tempo, que não existia. Turid Lammers não estava indo para lugar nenhum, sua vida não tinha direção, além de permanecer onde ela estava, e brilhar. Todo esse entusiasmo, todos esses planos, toda essa energia a que dava vazão a cada hora do dia, no Liceu, na floricultura, na Sociedade Teatral, no relacionamento com Bjørn Hansen, tudo tinha apenas seu próprio momento como objetivo.

Será que era um jogo arriscado? Seja como fosse, acordou uma noite e ela não estava deitada a seu lado. Deveria ser coisa de um ano depois de ele ter chegado em Kongsberg. Já se acostumara com sua nova vida. Viu que ela não estava ali. Olhou o relógio. Quatro horas da madrugada. Ela tinha saído na noite anterior, para um ensaio. Ele não conseguiu dormir e ficou virando de um lado para outro. Às 5h30, ela chegou. Ele perguntou aonde tinha ido. Aonde tinha ido? Ela era uma pessoa livre, não era? Bjørn Hansen não aguentou se meter numa discussão sobre a liberdade do ser humano a partir de tais premissas e resolveu dormir. Duas horas mais tarde, quando acordou, ela estava sentada à mesa do café da manhã como de costume. Disse que tinha passado a noite inteira conversando com Jan na casa dele, uma quitinete. Bjørn Hansen fez um gesto de súbita compreensão. Jan era o empregado ferroviário de beleza escultural que fazia o papel de Sigismundo em *Verão no Tirol*, a peça que estavam ensaiando, e ele tinha uma cena com Turid Lammers. – Ahn. – Ahn, ahn, isso é motivo de ciúmes? – Não estou com ciúmes! – Você não está com ciúmes? – Turid Lammers riu. Ruidosamente, com desdém. Persistiu até Bjørn Hansen admitir que tinha sentido ciúmes e que, em meio a todas as reflexões que fizera, também se incomodara com a ideia de que ela estivera com Jan.

E foi assim mesmo. Ele de fato sentira ciúmes. Sabia que Jan ia ao mesmo ensaio que ela, e, ao acordar às quatro horas da manhã e ver que ela não estava dormindo a seu lado, pensou que talvez estivesse dormindo em outro lugar, com um adônis das ferrovias, esse *homo ludens* que de repente despertara seus desejos mais íntimos. Ele se sentira abandonado, com muito medo de perdê-la. Turid ficou contente com a admissão. Afirmou que era indigno da parte dele ficar com ciúmes e que, de fato, era também uma ofensa contra ela. Não tinha acontecido nada, o que ele deveria saber. Ela tinha tido uma conversa profunda com Jan. As horas voaram, pois Jan lhe falou sobre suas expectativas para a vida, e ela o escutou. Ouviu um jovem que ainda achava que a vida de verdade era algo que deveria ser vivido em lugares totalmente diferentes daquele, e para os quais desejava ir, e ela se encantou tanto com a franqueza repentina desse homem que afinal era tão belo e que estava dando largas à imaginação, que perdeu totalmente a noção do tempo. Se soubesse que já era de madrugada e que ele tinha acordado, atormentado com tais pensamentos, teria ido embora fazia tempo. Por alguma razão Bjørn Hansen acreditou nela, e desde então sempre confiou em suas afirmações de que não tinha acontecido mais nada.

Pois, de maneira semelhante, Turid Lammers às vezes só voltava de manhãzinha, depois de um ensaio em que ela, mas não ele, estivera presente, e também acontecia que ela, muito a contragosto, ia embora de um ensaio que contava com a participação dos dois, ou de uma festa, das quais havia muitas no círculo da Sociedade Teatral, a fim de acompanhá-lo para casa, porque ele queria ir, mas ela não, pois estava brilhando diante de um homem, um verdadeiro e presunçoso *homo ludens*, em seu figurino teatral, que, naquele momento, inspirado pela presença dela, estava entoando um repertório em que se empenhou até o limite, com texto autoinstruído, concebido naquele instante, e que obviamente desmoronou àquela altura, porque ela teve de se levantar e acompanhar seu parceiro para casa, pois a tesouraria abria às nove da manhã e, por algum motivo incompreensível, pararia de funcionar se o tesoureiro não conseguisse o número suficiente, definido voluntariosamente como tal pelo próprio tesoureiro, de horas de sono. Incompreensível. Afinal, o Liceu de Kongsberg continuaria firme e forte mesmo se a professora Lammers saísse direto de uma festa da Sociedade Teatral para a sala de aula, sim, os diplomas das turmas da professora Lammers seriam prova suficiente disso. Até a floricultura das irmãs Lammers abriria às nove em ponto, e as atendentes de fato estariam lá, e os clientes não deixariam de aparecer, mesmo que a mais nova das irmãs Lammers tivesse tido permissão de dançar a noite inteira até o raiar do sol, em vez de ser interrompida e levada para casa por um parceiro ciumento. Nesses casos, Bjørn Hansen andava todo rígido ao lado dela. Mas confiava em suas afirmações, acreditando que seu medo de perdê-la era completamente infundado.

    Por que ficava com ciúmes então? Por que andava todo rígido ao lado dela, na volta de uma festa? Por que às vezes tremia de fúria reprimida assim que os convidados da alegre Sociedade Teatral deixavam o Casarão Lammers após uma festa e gritava sua verdadeira mensagem para ela, a sensação de que a estava perdendo, para sempre? Isso se repetia vezes sem fim. Turid Lammers como deslumbrante centro das atenções. A sua volta, o círculo cheio de admiração. Entre eles, seu parceiro, Bjørn Hansen. O fato de que Turid era o centro das atenções não significava que sentava no centro, muito pelo contrário, parte da graça de Turid Lammers era sua modéstia. Não só deixava os papéis principais para as outras, deixava também o centro geométrico para os outros, ela mesma gostava de ficar nas mesinhas periféricas, onde primeiro se via cercada de homens e mulheres, para depois estar cercada de três, ou possivelmente dois, homens, e enfim a sós com um homem que de repente estava em plena recitação de seu manuscrito autoinstruído, o qual estava sendo apresentado pela primeira vez. Era um professor formado na Faculdade de Educação de Eik, que, a essa altura, estava declamando o texto esplêndido sobre como tinha sido cativado pelas montanhas da região de Kongsberg, pois finalmente conseguira o público que qualquer ator amador quer para seu monólogo que sempre está por nascer: dois olhos estrelados, uma boca à espera, uma mulher com gestos franceses, ao mesmo tempo inacessível e próxima, e ele não percebeu que todo seu monólogo secreto, destinado a uma apresentação fechada, somente para ela, numa mesa lateral discreta, se tornou um espetáculo de massa, em que ele, como único figurante, representava a todos, ajoelhado diante da admirada Turid Lammers, e será que a essa altura estavam todos olhando de soslaio para Bjørn Hansen? Não, apenas aqueles que, no decorrer dos anos, chegavam como novatos olhavam de soslaio para ele, no início. Mas não depois. Porque todos ficaram sabendo que Turid Lammers era fiel a seu Bjørn, algo que não diminuiu a admiração por ela, e ela se deixou ser adorada desinibidamente e também conquistada por um escolhido que estava como que pregado na cadeira de sua mesa, embora ele também soubesse que no fim iria se levantar e ir para casa, sozinho. (Ou, se não, pelo menos iria dormir sozinho, pois Turid Lammers sempre deixou a casa ou o apartamento ou o quarto do escolhido sem permitir ser beijada ardentemente, no máximo, suave e docemente; sim, isso acontecia, ela o admitia abertamente a Bjørn, mesmo que a noite inteira pudesse passar antes que ocorresse.) Bjørn Hansen também o sabia. Por isso era capaz de manter as aparências. Mas assim que a Sociedade Teatral saiu da casa, ele explodiu de raiva, e todo seu ciúme se manifestou. Pensou Turid Lammers. A verdade era que de sua parte só se tratava de encenação. Ele o fazia por ela. Porque não ousava nem pensar que Turid exibiria todo seu charme feminino para o membro escolhido da Sociedade Teatral daquela noite sem que tal ato levasse seu parceiro a ficar fora de si de ciúmes. Não suportava a ideia de lhe causar tanta dor. Pois o que aconteceria então? Bem, depois de tê-la cortejado por três horas, Jan se levanta e vai embora, juntamente com os outros convidados. Ela está sozinha. O marido está lendo um romance numa sala contígua e agora se aproxima dela perguntando gentilmente: – Você quer tomar um chá? – Aí seria mais fácil ele fazer as malas e se mudar. Do Casarão Lammers. Para longe de Kongsberg. Aquilo que os unia estaria perdido.

Portanto Bjørn Hansen vigiava sua amada. Carregado de ciúmes, ele a vigiava, enquanto ela conversava com o juiz assistente Stabenfeldt, ou com Per Brønnum, um aficionado por teatro que era um trabalhador de verdade, e com quem flertou por um tempo e com quem, de seu jeito coquete, também passou horas noturnas em seu apartamento condenado no centro da Cidade Velha. No fundo, porém, ele não se importava. Não achava que estava sendo traído por Turid Lammers, não conseguia imaginar isso nem sonhando, no caso, ela o teria dito sem rodeios.

Mas ele tinha crises de ciúmes, lhe mostrava todos os sinais clássicos disso. E nem estava fingindo, sentia os meandros escuros do ciúme dentro de si, o abandono profundo e a raiva sombria, a repulsa e o repúdio, tudo passava dentro dele, de forma escura, profunda e trêmula. Mas era só encenação. O tempo todo estava observando a si mesmo friamente, vendo-se andar em círculos e, em desespero, lançar acusações contra ela, as quais recebia comovida. Assim ele a sustentava. Assim ele a trazia nas palmas das mãos.

Afinal, ele sabia. Sabia o que estava fazendo. Tinha tomado a decisão de viver com Turid Lammers. Em Kongsberg. O tesoureiro de Kongsberg. Nas horas vagas, fazia teatro amador. Seu amor por ela era tão grande que era capaz de ficar louco de ciúmes. Não é que tinha deixado tudo para poder cultivar, em toda sua intensidade, o fascínio, pois sem essa intensidade, o que sobrava? Mas enfim ele sabia. Sabia o que estava fazendo. Estava plenamente consciente de que, depois de ter vivido com ela por sete anos, sua contribuição mais importante para preservar seu relacionamento era uma série de crises de ciúmes simulados. Ele a desvendara. Não tinha ilusões com relação a ela.

A vida. Ele tinha vivido com Turid Lammers durante sete anos, e logo faria quarenta anos e seria um homem de meia-idade. O que obtivera na vida? Era o tesoureiro de Kongsberg, isso pelo menos era alguma coisa. Se convencera de que tinha talentos como ator amador, e a cada outono estava na chamada ribalta seis noites por semana, no cinema de Kongsberg, sentindo o prazer daquilo. Sentia o prazer daquilo, sim. Era um prazer curioso e profundo. Depois de sete anos como parceiro de Turid Lammers no Casarão Lammers, ele sabia tudo sobre o prazer de, junto com dois professores e o dr. Schiøtz do hospital, entoar a mesma estrofe exatamente no mesmo segundo, em uníssono perfeito, ao mesmo tempo em que todos os quatro pisavam com o calcanhar esquerdo, usando exatamente a mesma força no mesmíssimo segundo, na atmosfera aquecida do palco do cinema de Kongsberg, à luz dos holofotes, e diante da plateia compacta na escuridão lá na frente, lá embaixo. Os arrepios do corpo, o deleite da precisão. Diante da escuridão ali na frente, as mil bocas, os dois mil olhos escondidos no escuro, que olhavam para eles, inclusive para os quatro figurantes que atuavam lá em cima. Gostava mesmo daquilo, sim, de se apresentar dessa forma, além de participar da montagem de todo o espetáculo, como parte de uma irmandade, mas será que realmente isso era a vida? Era o que Bjørn Hansen perguntava a si mesmo e, cada vez mais, passou a buscar um refúgio em seus livros, onde pôde respirar e refletir. Quem era Turid Lammers? Ela viu que Bjørn Hansen fazia suas perguntas e lia até altas horas da noite, e quis compartilhar seus livros, notando que ele não estava muito disposto a fazê-lo. Ela também se aproximava dos quarenta, mas ainda era capaz de fazer um homem de gato e sapato, como dizem.

Ele olhava para ela. Enquanto a vigiava constantemente e continuava com suas crises de ciúmes, ele a observava. Esse centro natural das atenções da Sociedade Teatral de Kongsberg, uma associação de entusiastas que preenchiam suas vidas laboriosamente montando e apresentando as operetas mais populares dos nossos tempos em seis espetáculos anuais. À vista de todos. No palco. À luz dos holofotes. Durante sete anos, Bjørn Hansen tinha sido um dos entusiastas. Tesoureiro de dia, entusiasta de noite. Será que era o suficiente? Será que havia algo mais? Bjørn Hansen se aproximava dos quarenta e gritava por algo mais. Começou a aventar a ideia de que talvez fosse o momento de eles tentarem algo grande. Todo esse entusiasmo, toda essa experiência de como se apresentar no palco, todo esse prazer com a precisão e a atuação, será que não poderiam ser usados para algo mais do que operetas, que, apesar de serem capazes de acender uma alegria de espírito nos atores e, sobretudo, nos espectadores, ainda assim poderiam deixar a pessoa um pouco desanimada, cansada até, com toda sua vacuidade intelectual, afinal de contas, depois de as luzes terem sido acesas na plateia, de o público ter ido para casa, e eles estarem no camarim tirando a maquiagem? E se eles se elevassem até o plano onde a vida soprava forte? Que tal se aventurarem com Ibsen?

Durante dois anos, Bjørn Hansen aventou a ideia de que tentassem Ibsen. A receptividade foi fraca. Em especial, causou desagrado sua tentativa de despertar o entusiasmo deles ao chamar a atenção para a sensação de vazio pós-espetáculo diante da vacuidade intelectual das operetas. Era um ataque a tudo que eles representavam, e foi tolice de Bjørn Hansen chamar a atenção para isso, mesmo que muito provavelmente tivessem sentido esse desânimo, pelo menos alguns deles. Mas teve o apoio de dois dos membros da Sociedade Teatral, e eles não eram qualquer um. Um deles era o dentista cantor, Herman Busk.

Herman Busk era um barítono com uma voz excepcionalmente bela, que muitos achavam destinado a soar em palcos mais importantes do que o do cinema de Kongsberg seis vezes por ano. Era um dos pilares da Sociedade Teatral e se não fazia o papel principal, pelo menos era escalado para o segundo mais importante papel masculino. No entanto, era nos ensaios que causava a maior impressão, geralmente fora da programação. Quantas vezes os outros já arrumavam suas coisas e estavam prestes a sair quando Herman Busk de repente entoava a música que o ouviram ensaiar a noite inteira. Tudo era perfeito. Todos os exercícios meticulosos davam resultado naquele instante, ouviam encantados, todos pensando: isso será um número arrasador no palco. O que acabou sendo, mas talvez não tanto quanto tinham pensado. Talvez as expectativas fossem grandes demais, mas Herman Busk nunca atingia as alturas máximas de verdade no próprio palco, era ótimo, bom o suficiente para fazer jus a sua alcunha de dentista cantor com virtuosismo, mas não bom o suficiente para satisfazer as expectativas que foram despertadas em salas apertadas de ensaio, com a mão na porta, a dois passos da saída para a noite escura e as ruas desertas. Mas aí Herman Busk mostrou interesse em que a Sociedade Teatral fizesse Ibsen, e a ideia de Bjørn Hansen não poderia mais ser ignorada. Por sinal, com essa postura surpreendente, Herman Busk e Bjørn Hansen se conheceram melhor, passaram horas conversando e se tornaram amigos íntimos, tanto que Bjørn Hansen chegou a considerar Herman Busk seu melhor amigo. A outra pessoa que o apoiou foi Turid Lammers, algo que o surpreendeu, pois Turid nunca demonstrara interesse algum por Ibsen. Obviamente, falava bem dele e o tratava como um clássico, mas não ligava muito para suas peças. Ele sabia disso, pois estiveram no Teatro Nacional, na capital, onde assistiram a encenações de Ibsen diversas vezes, mas nessas ocasiões ela se entediara com decoro. Então, o fato de que agora se empenharia para que sua querida Sociedade Teatral montasse *O pato selvagem* era algo que ele nunca imaginara. Na verdade, ela nem ligava muito para operetas, como espectadora. Afinal, eram banais demais para ela, é certo que fazia campanha para que fossem a Oslo quando o Teatro Norueguês apresentava um de seus musicais anuais, mas era para pegar alguns truques. Não obstante, a maior afinidade ela sentia com as operetas. Originalmente, ele pensara que o teatro de vanguarda era o teatro dela. Tinha sido assim quando era seu amante casado em Oslo, mas depois de ela se mudar de volta para Kongsberg e a Sociedade Teatral, nunca se ouviu mais falar em teatro de vanguarda, as operetas eram o que importava; de certa forma, porém, o teatro de vanguarda e as operetas tinham uma coisa em comum para ela, no sentido de que o conteúdo não significava nada, a mascarada, tudo. Foram as máscaras do teatro de vanguarda que a cativaram, não outra coisa. Não tiveram filhos juntos. Turid Lammers nunca virou mãe, às vezes aludia de maneira coquete ao fato de não ter tido filhos, chamando isso da tragédia de sua vida. Mas no fundo Turid Lammers não quis ter filhos, não estava disposta. Não a essa altura. Se fosse para ter tido filhos, teria de ter sido com seu primeiro marido, na França, na década de 1960; de certa forma ele poderia imaginá-la deixando a França às pressas com seu filhinho nos braços, na Gare du Nord, enquanto esperava o trem noturno para Copenhague (com conexão para Oslo). Mas ela havia retornado a Oslo, depois de sete anos em Paris, sem filhos. Como uma mulher só, livre, inquieta, que arranjou um amante, com quem, mais tarde, se comprometeu, levando-o consigo ao se mudar de volta para a cidade de sua infância. Turid Lammers não tinha filhos, e não quis ter filhos, no fundo preferiu ser a última. A seu ver, as operetas eram um pretexto brilhante para colocar em prática o que para Turid Lammers era o teatro: figurinos, máscaras, perucas, trocas rápidas, ritmo, ritmo. Mas agora ela apoiava a ideia de seu parceiro de que a Sociedade Teatral de Kongsberg representasse *O pato selvagem*, de Henrik Ibsen, e isso ainda de forma muito ativa. Será que era para lhe mostrar sua lealdade? Diante dele e diante dos outros? Será que queria se apresentar como a parceira leal de Bjørn Hansen, disposta a lutar para que ele conseguisse realizar esse plano com que estava tão empolgado, e com que ela também se empolgara agora, já que era o plano dele, embora todos entendessem que ela na verdade não estava nem aí, se não fosse pelo fato de seu parceiro por acaso estar tão empolgado com a ideia de que a Sociedade Teatral de Kongsberg apresentasse algo que elevaria a todos, *O pato selvagem*, de Henrik Ibsen?

Portanto, o apoio de Turid Lammers era lindo, era um gesto de delicadeza do centro das atenções a seu marido bastante anônimo, na hora que ele, para variar, precisava disso. O respeito por Turid Lammers só aumentou, mas como argumento a favor de montar *O pato selvagem*, de Henrik Ibsen, foi contraproducente. Tudo tinha seu limite. Só porque o parceiro de Turid Lammers cismou que deveriam se elevar, eles apresentariam uma peça que não tinham as mínimas condições de levar ao palco. Assim resmungavam nos cantinhos, mas pilares como Herman Busk eram a favor, bem como alguns outros, que também se identificavam com a sensação de vazio que um espetáculo de opereta bem-sucedido poderia infundir na mente depois do fechar do pano, e que também tinham vontade de, pelo menos uma vez, aspirar ao impossível, por isso foi decidido que a próxima peça a ser levada ao palco pela Sociedade Teatral de Kongsberg seria *O pato selvagem*, de Henrik Ibsen. E quando Turid Lammers sugeriu que o próprio Bjørn Hansen fizesse o papel de Hjalmar Ekdal, ninguém protestou. Com a exceção de Bjørn Hansen. Ele não tinha pensado em reservar para si mesmo o papel principal, não foi por este motivo que apresentou a proposta, nem lhe tinha passado pela cabeça. Mas seus protestos, que por sinal eram um pouco fracos, foram simplesmente ignorados, claro que Hjalmar Ekdal seria interpretado por Bjørn Hansen. Muitos se manifestaram a favor dele justamente para vê-lo pregado na cruz do fracasso iminente, para que o sentisse no corpo, no palco, enquanto se desenrolava. Isso ele entendeu, e foi por isso que assumiu a tarefa. O grande papel de Gregers Werle foi destinado a Herman Busk, mas o dentista cantor se recusou. Um papel grande demais para ele, alegou. No entanto, poderia muito bem fazer o papel do Velho Ekdal, a não ser que encontrassem alguém mais qualificado. A escolha para o papel de Gregers Werle, portanto, foi Brian Smith. Com seu norueguês de sotaque carregado, esse engenheiro inglês da Kongsberg Våpenfabrikk poderia dar uma nova dimensão ao intransigente filho de atacadista que figurava no mundo ibseniano de ideias. O dr. Schiøtz interpretaria o dr. Relling. Foi Turid Lammers quem sugeriu isso também, e evidentemente era uma tentativa de cortejar o público. Um médico do hospital de Kongsberg faz o papel de médico numa peça de teatro, ainda por cima de Henrik Ibsen. O dr. Schiøtz como o dr. Relling, o médico beberrão, com sua perspicácia. Mas o dr. Schiøtz se recusou. Turid empenhou todo seu charme para convencê-lo, mas o dr. Schiøtz se recusou. Quem era o dr. Schiøtz? Ninguém sabia. Ele era um dos mais sérios e inacessíveis da associação de *homo ludens* que a Sociedade Teatral de Kongsberg constituía. Um homem de jaleco, alto e magro. Com dedos sensíveis, um pianista? Não que soubessem, mas ele praticava esqui nórdico. Durante os meses de inverno, na parte da manhã, era visto lá em cima, nas colinas que cercavam a cidade, passando a toda a velocidade sobre o planalto em seus esquis. No teatro, sempre fazia papéis de figurante, trocava os plantões no hospital para participar no segundo plano, como um joão-ninguém, em todas aquelas operetas. Mas o dr. Relling ele não quis ser. No entanto, a que foi escolhida para o papel de Hedvig não se recusou. Como Hedvig, uma estudante de enfermagem de 21 anos se destacou, em especial por ter um rosto muito doce e infantil. Turid Lammers também entrou no elenco. Faria o papel da esposa de Hjalmar Ekdal e mãe de Hedvig, Gina Ekdal.

O diretor veio da capital, pois era prática comum buscar os diretores de fora, havia muitos deles que corriam o país assim, montando operetas e farsas para os teatros amadores locais. Mas encontrar um diretor itinerante desse tipo para Ibsen não foi tão fácil. Enfim acharam um diretor desempregado em Oslo. Ele foi lá, presenciou os ensaios, bebeu sem parar e dificilmente pôde ter lembrado qualquer coisa de tudo aquilo. Ao contrário de Hjalmar Ekdal, vulgo Bjørn Hansen.

Para encurtar bastante uma longa história: foi um fiasco total. Foi um espetáculo péssimo mesmo, e as seis apresentações programadas se reduziram a quatro, das quais a quarta contava com dezoito espectadores pagantes na plateia. É verdade que tiveram um diretor acabado e alcoolizado, mas Bjørn Hansen sabia que não poderiam pôr a culpa no diretor, ele afinal só se tornou uma ilustração involuntária de como estavam as coisas e de como as coisas estiveram o tempo todo. Eles simplesmente não foram capazes de fazer aquilo. Bjørn Hansen havia estudado o texto de Ibsen com muita atenção, grifando-o, e achou que o tinha entendido tão a fundo que sentiu a dor da vida de Hjalmar

Ekdal dentro dele mesmo. Mas não adiantou nada. Afinal, sabia como deveria ser feito, mas na prática ficou algo bem diferente daquilo que tinha imaginado. Ficou desajeitado. Ah, essa ingenuidade de Hjalmar Ekdal que Bjørn Hansen sentiu e achou ter feito sua, ele a defenderia e representaria assim como nunca havia sido representada, pois nascera de uma dor tão grande que Ekdal não suportou encarar a verdade, a pequenez dele se baseava no fato de que estava dentro de uma grande tragédia, que o acometera imerecidamente. Mas nada disso saiu de Bjørn Hansen. Nada disso estava em seu corpo no palco. Não funcionou. Acabou sendo só falatório. Ele era apenas um corpo sombrio e enfadonho sobre um palco. Gesticulava, em vão. Assim como os outros. Assim como Gregers Werle, assim como o Velho Ekdal, assim como Hedvig, a pequena Hedvig que Hjalmar Ekdal amava tão profundamente que não aguentou mais vê-la. No palco, Bjørn Hansen atuou com certa estupidez, foi o que ele mesmo achou. O público não riu dele com desdém, não, tentaram animá-lo mostrando interesse, não bocejando, e até aplaudindo timidamente. Mas aquilo não prestava.

Não foram capazes de fazer aquilo. Era mais que evidente que não tiveram condições de fazer aquilo. Bjørn Hansen não tinha carisma suficiente para fazer os gestos dolorosos de Ekdal. Essa era a amarga verdade. Não possuía técnica de atuação suficiente e, portanto, lhe faltava carisma também. Não basta sentir as emoções dentro de si. Isso foi demonstrado ali, no cinema de Kongsberg, quatro vezes no fim do outono de 1983 (foi aquele ano mesmo, não é?).

E ele sabia disso o tempo todo. Sabia que era impossível, ninguém pôde dizer outra coisa. Sabia tanto sobre o que significava ser ator, o fato de que é uma profissão, de que se trata de arte etc., que estava ciente de que não tinha chance de desempenhar o papel a ponto de criar a ilusão de ser Hjalmar Ekdal. Mas seu desejo de fazê-lo tinha sido tão forte que fora incapaz de pensar nesse fato óbvio.

Isso também era o caso dos outros. Nem individualmente, nem em conjunto, tinham qualquer possibilidade de apresentar essa obra eminente da dramaturgia mundial. Se Hjalmar Ekdal era enfadonho em cena, o engenheiro inglês Brian Smith não era nada melhor como Gregers Werle, e seu norueguês de sotaque carregado não elevou a interação entre ele e Hjalmar Ekdal de forma alguma, muito pelo contrário, e a pequena Hedvig, que, apesar de sua doçura, infelizmente era incapaz de dar vida a essa personagem franzina que se aventura para o sótão, deixou Hjalmar Ekdal paralisado de medo com sua teatralidade excessiva nos delicados momentos em que os dois tinham o palco grande e vazio só para si.

Depois, os dois estavam igualmente infelizes. Os outros atores aceitaram o fracasso com resignação, foi apenas Bjørn Hansen e a pequena Hedvig que se afligiram, Bjørn Hansen apesar de saber que a grande subida de nível de que falara com tanto fervor durante dois anos não era viável, por razões óbvias. Para a pequena Hedvig foi diferente, ela tinha pensado que seria praticável. Tinha 21 anos de idade e cursava o segundo ano da Escola de Enfermagem em Drammen, e todas as tardes viajara de trem a Kongsberg para os ensaios, e, depois, tinha ficado na estação esperando o último trem de volta para Drammen e o quarto alugado. O que eles não sabiam, mas que veio à tona mais tarde, era que ela tinha trancado a Escola de Enfermagem por um semestre e usado o empréstimo estudantil de quinze mil coroas para estudar a alma de Hedvig. Com um resultado desastroso. Embora estivesse tão encantada com a mente de uma menina fictícia de quatorze anos de idade, provavelmente por encontrar nela alguns elementos profundos de si mesma que não conseguira transmitir a ninguém, nem a sua melhor amiga, tão distante da linguagem cotidiana que era, e que agora descobriu ser algo que a tocava de forma fundamental, também em sua relação relativamente livre de conflitos com seus próprios pais, ainda assim conseguiu destruir tudo com uma atuação horrorosamente teatral, sem sequer entender o que estava errado, só que estava errado, sim, e ela chorou no ombro pesaroso de Hjalmar Ekdal depois de cada uma das quatro apresentações. Ela tinha continuado a morar no quarto alugado em Drammen, tanto durante os ensaios quanto no período das apresentações, pois não tivera coragem de admitir a seus pais, que viviam em Kongsberg, numa casa onde seu próprio quarto sempre a aguardava, o quanto na verdade tinha apostado em se tornar nada menos que inspirada ao aparecer como Hedvig em *O pato selvagem*, de Henrik Ibsen, e, portanto, cumprindo seu dever, havia voltado para Drammen e seu suposto curso de enfermagem depois de cada espetáculo, também depois da estreia, e antes da festa de estreia.

Enquanto a pequena Hedvig chorava no ombro de Bjørn Hansen no camarim depois do fechar do pano da estreia, Gina Ekdal entrou radiante. Gina Ekdal, vulgo Turid Lammers, tinha razão de estar radiante, pois foi ela quem salvou os restos do espetáculo, por assim dizer. Olhou para o desolado Bjørn Hansen e a chorosa Hedvig e disse: – Mas correu bem, afinal, teve chamadas ao palco e tudo. – Sem que a tentativa forçada de os animar ajudasse. Para ela, porém, a apresentação tinha sido um sucesso, ela arrebatou a plateia. Isso a deixou exultante, e mal percebeu que uma jovem bonita de 21 anos descansava sua cabeça sobre o ombro de seu parceiro, pois os outros atores e a equipe dos bastidores se reuniram em torno dela elogiando sua atuação, que, afinal, salvou a noite inteira, sem pensar no fato de que o que salvara a noite e fizera dela um sucesso foi que simplesmente traiu todo o espetáculo ao encenar seu próprio papel com objetivos contrários àqueles do elenco. Turid Lammers tinha plena consciência de que deveria encarnar uma personagem feminina numa peça de Ibsen que é, possivelmente, a portadora de um segredo sombrio, que faz tudo desabar para os outros. Fielmente, tentou pôr em evidência a seriedade da vida e do segredo de Gina Ekdal, sem que ficasse outra coisa senão exterioridades, nesse sentido ela estava na mesma categoria do resto do elenco. Mas conforme notou a falta de receptividade da plateia, ela se desligou e conferiu à personagem um charme que fez o público acordar e se divertir. Turid representou Gina Ekdal com gestos exagerados, com truques baratos, sim, deu algumas reboladas e encantou o público local, que com prazer se deixou conquistar por um breve momento. Bjørn Hansen estava ali com seu enfadonho Hjalmar Ekdal, presenciando tudo isso. No palco. Junto com Gina Ekdal. Estavam só os dois ali. Na penúltima cena. E agora que o fracasso era evidente, ele ansiava por retratar essa figura ridícula de Hjalmar Ekdal, pois sabia que essa figura guardava uma grande tragédia que precisava vir à tona. Hjalmar Ekdal era um indicador que abria o caminho para algumas questões deveras espantosas, seu destino teria de ser interpretado de tal forma que realmente pudesse competir com a fala final de Gregers Werle no sentido de que, se ele agora, depois da morte de Hedvig, na última cena, não fosse capaz de produzir nada além de números de declamação, a vida não valeria a pena ser vivida; era nada menos que isso, o que, enfim, caiu por terra de forma banal assim que Bjørn Hansen o exibiu. E, ao lado dele, brilhava Gina Ekdal, na figura de Turid Lammers. Ele afundou, mas ela se recusou a afundar com ele. Em vez disso, ela preferiu rebolar, e, por um breve instante, o público esqueceu esse espetáculo desengonçado, deixando-se seduzir de bom grado por Turid Lammers. Ela roubou a cena. Bjørn Hansen continuou atuando bravamente em sua jornada rumo ao fim de seu projeto, enquanto Turid pôs todo seu charme à mostra. Ela estava ali, à luz misericordiosa dos holofotes, com uma grossa camada de maquiagem no rosto, exultante por arrebatar a plateia, sim, tremia toda, como Bjørn Hansen, que estava bem próximo dela, podia ver claramente. Turid traiu tudo. Toda a ideia por trás do espetáculo e a ele, para salvar o que poderia ser salvo. O charme de Turid Lammers encobriria a seriedade fracassada de Bjørn Hansen. Foi uma violação de tudo que eles tinham combinado de antemão, e Bjørn Hansen deveria ter sentido uma pontada de surpresa por ter sido apunhalado pelas costas dessa forma. Deveria tê-la acusado, perguntado queixoso, lá no fundo dele mesmo, enquanto aquilo se passou: Por quê, por que você está fazendo isso comigo? Mas ele não o fez. Não se questionou sobre a razão pela qual ela fez o que fez. Só sentiu um alívio. Não porque ela tentou salvar os destroços, mas porque ela não quis afundar com ele.

Porque, na verdade, ele tinha ficado preocupado com seu apoio fervoroso ao projeto de realizar esse grande salto. Havia algo em sua lealdade que teve um efeito sufocante sobre ele. Por meio dessa lealdade, ela o prendia a si, num momento em que Bjørn Hansen estava prestes a se desprender. Pois Turid Lammers havia desbotado. Tinha completado 44 anos, e há muito já estava evidente que os estragos do tempo tinham deixado marcas em seu rosto e em seu corpo. O rosto tinha ficado áspero, seco, duro. Como ele sentia saudades de sua maciez! Mas ela desaparecera para sempre, e, com ela, tantas das condições sobre as quais Bjørn Hansen tinha construído o caminho de sua vida. Ele se encontrava ali. Em Kongsberg. Ao lado de Turid Lammers. Tinha deixado tudo por temer que se arrependeria a vida inteira se não optasse por ir atrás do fascínio que emanava de seu rosto e corpo. Agora, esse rosto e esse corpo não mostravam nada além de lembranças de algo que se perdera para sempre, tornando tudo aquilo insuportável. Ele o pressentira fazia muito tempo.

Turid Lammers ainda era o centro natural das atenções de seu meio, e do de Bjørn Hansen. O círculo em torno da Sociedade Teatral de Kongsberg era relativamente fechado, e seu núcleo consistia mais ou menos nas mesmas pessoas de quando Bjørn Hansen se mudara para lá há doze anos, mas algumas substituições ocorreram afinal. Alguns tinham desistido, e outros apareceram. Assim como os antigos membros, os novos também aprenderam a tratar Turid Lammers como o centro natural das atenções. Mas ela o era de uma maneira diferente do que antes, tanto para a velha guarda, não importando se estivessem conscientes disso ou não, quanto para os novatos. Continuaram a se agrupar em torno da mesa dela, que continuou sendo localizada um pouco fora do centro, mas no passado um homem sempre acabava ficando sozinho com ela, numa conversa a dois fascinante (para ele), mesmo que ele (e os outros) soubesse que não significava mais nada do que o fato de estar sentado ali naquele exato momento, e que não poderia ter esperanças de que algo iria acontecer, mas aquilo era o suficiente, aquilo era o suficiente, sim; agora, na hora de Bjørn Hansen aparecer à mesa dela para sugerir que fossem para casa, acontecia com frequência de ter dois ou até três cavalheiros num bate-papo descontraído e prazenteiro em torno de sua mesa, de vez em quando, havia outras combinações também, por exemplo, um homem e duas mulheres (além de Turid), ou dois homens e duas mulheres etc. etc. E enquanto os homens antes tinham *olhado* para ela, agora se contentaram em falar sobre ela, aliás, com grande admiração. Bem, também se dirigiam diretamente a ela, com admiração manifesta pelo que representava e pelo que era e o que significava, e, sobretudo, havia significado para a Sociedade Teatral de Kongsberg. Eles a enchiam de elogios, tanto as mulheres como os homens, tanto os membros antigos como os novos. Também se dirigiam a Bjørn Hansen, pois era seu companheiro de vida. Confidenciavam a Bjørn Hansen que Turid Lammers era uma mulher arrebatadora. Que entusiasmo! Que brio! No início, Bjørn Hansen ficava um pouco perplexo ao olhar para os olhos honestos de um engenheiro

de trinta anos de idade que acabava de lhe confidenciar que Turid Lammers era uma mulher arrebatadora. Tão competente! Alguns também diziam que era corajosa. E divertida. E como era jovem, de espírito.
 Tudo isso Bjørn Hansen era obrigado a escutar, e não sem ser atingido por uma sensação terrível de solidão. Talvez eles mesmos nem percebessem, mas Bjørn Hansen entendeu que levavam em consideração o fato estabelecido de que os anos tinham deixado suas marcas no rosto de sua companheira de vida e que consequentemente poderiam se referir a ela de tal modo que seu encanto de outrora agora fosse um capítulo encerrado na história dela e do grupo, e que isso não era nada de mais. Sentiu-se abandonado por eles. Eram seres lúdicos, prestavam homenagem à senhora Lammers, elogiavam seu penteado, seus vestidos alegres, sua importância para o grupo, para a união e o entusiasmo, só que, no fundo, encaravam tudo aquilo com facilidade, com facilidade lúdica, apesar do que tinham descoberto. O fato de que ela havia desbotado. Mas isso não importava para eles, os anos passam, como se sabe, e com um encolher de ombros deixavam a cargo de Bjørn Hansen viver com ela no dia a dia, agora assim como antes.
 E Turid se comportava como antes. Ela era a mesma de antes. Fazia os mesmos gestos franceses, conhecidos e adquiridos, e ainda era capaz de atrair um homem com os olhos, para ficar com ele ali, naquele momento, a sós. Estava longe de ser sem charme e ainda conhecia as regras básicas de como captar a atenção de um homem. No entanto, nenhum homem estava mais tão interessado nessa atenção. Se ele pertencia ao círculo mais íntimo da velha guarda, aparentava entrar no jogo, mas isso se tornava teatral, produzindo um efeito cômico, quase patético. E os homens novos ficavam sem jeito. Aprenderam a respeitá-la como uma pedagoga espetacular de teatro, mas não sabiam como lidar com seus modos desenvoltos e cativantes, que pareciam um

convite, do qual, no passado, ninguém conseguira se desprender por nada deste mundo. Pois antes todo mundo sabia que Turid Lammers, embora flertasse, não cedia, era fiel (a Bjørn), mas mesmo assim sentiam uma atração tão forte que agiam com ela como se estivessem tendo a aventura da vida deles. Agora, porém, os homens novos ficavam desconfiados quando ela flertava. De fato, achavam que ela estava dando em cima deles e tentavam fugir. Bjørn Hansen tinha observado isso repetidas vezes. Também em casa, no Casarão Lammers. Como sempre, Turid Lammers arrastava homens para casa a fim de ensaiar números vocais. Como sempre, portanto, ao voltar da tesouraria à tarde, Bjørn Hansen poderia ouvir músicas insinuantes de opereta pela porta da sala onde ficava o piano e onde, se entrasse, encontraria Turid Lammers com um integrante masculino da mesma Sociedade que ele. Agora como antes, ele então poderia ver como Turid Lammers se comportava de maneira coquete, com suas tentativas de contato visual direto, de proximidade, por exemplo, acariciando a manga do paletó do homem, para conseguir intimidade, um velho truque que ela tinha, ou um hábito, mas a essa altura, os anos já se passaram, e o engenheiro de trinta anos de idade, radiante de alegria, cumprimentava Bjørn Hansen como seu salvador, falando pelos cotovelos sobre quanto o teatro significava para ele, para sua autorrealização no mundo duro e materialista da informática, arrancando suas partituras da estante do piano e saindo às pressas. Bjørn Hansen ficava ali, desamparado, com sua Turid. Como desejava que esse engenheiro estivesse tão enlevado diante de Turid Lammers, sentada no banco do piano e jogando a cabeça para trás enquanto fitava os olhos nele, que, ainda desconcertado e arrebatado com o fato de que ela realmente havia passado os dedos levemente sobre a manga de seu paletó, não descobrira que ele, Bjørn Hansen, tinha entrado na sala, ou, se o tivesse visto, tinha decidido fingir que não o tinha visto, preferindo viver o momento na companhia dessa mulher por ainda alguns instantes roubados. Se ele tivesse feito isso, Bjørn Hansen não estaria ali tão terrivelmente solitário com Turid Lammers, vendo nitidamente como sua pequena papada, suas rugas evidentes e a pele seca de seus braços, anteriormente macios, a tinha afastado dele para sempre.

E Turid? Ela não entendia? Que tinha acabado, para sempre? Deveria ter entendido, mas fazia de conta que não era com ela. Mesmo quando um engenheiro de trinta anos de idade, que sentia o maior entusiasmo por ela como pedagoga teatral, escapou feliz como uma criança porque a oportunidade de sair correndo finalmente surgira, ela fazia de conta que não era com ela. Era verdade que os dois estavam de orelhas um pouco murchas, mas fingiam que não era nada. O que poderiam fazer? Turid Lammers optou por se comportar como antes. Como o centro das atenções. Na verdade, foi fácil para ela, pois nesses doze anos ela tivera apenas um homem, ou seja, ele, Bjørn Hansen. Será que foi por isso que ela de repente, e tão surpreendentemente, o apoiou quando ele quis que os representantes do *homo ludens* em Kongsberg apresentassem Ibsen em vez de musicais? Ela deveria ter desconfiado que ele já havia desistido de qualquer ideia de que pertencia a um círculo de *homines ludentes* fazia tempo e que seu estranhamento por estar num coral e cantar músicas de opereta havia ficado tão grande que queria quebrar essa ilusão que durara mais de uma década de sua única vida. Ela sabia que a proposta dele, se fosse realizada e tivesse êxito, significaria que a Sociedade Teatral de Kongsberg ficaria dividida entre aqueles que queriam continuar com o que Bjørn chamava de grandes empenhos e aqueles que queriam continuar a se apresentar na veia rítmica, musical e eternamente popular. Ela mesma preferia definitivamente o último, mas ficou do lado de Bjørn dando seu voto a Ibsen. Ao mesmo tempo em que se comportava como antes, como o centro das atenções, e com a consciência de que havia acabado. Afinal, toda manhã ela via o próprio rosto sem maquiagem no espelho. Será que era por esse motivo que sempre repisava, para as outras mulheres, que nunca se sentira tão jovem quanto agora, pois quando era jovem lhe faltara coragem de ser jovem, e, para Bjørn e os outros homens, que ainda era uma moça por dentro? Enfim, ele era apoiado por uma mulher que afirmava, como uma invocação mágica, que ainda era uma moça por dentro, porém, pensou Bjørn Hansen (cruelmente, pensou ele), isso ninguém podia ver. Mas talvez ela pensasse que era possível vislumbrá-lo, em seus movimentos, que ainda eram saudáveis, por causa de muito exercício e habilidade (mas totalmente desprovidos de graça); se comparados à graça, eles se tornariam os movimentos espalhafatosos e patéticos de uma quarentona que quer imitar uma juventude perdida, será que ela não via isso? Ou no caso de seus desejos fictícios, ao acariciar a manga do paletó de um homem tal qual o havia feito na primavera de sua juventude, do gesto, o homem não deveria deduzir sua fonte, ela pensou, mas por sinal em vão, só que esse em vão ela não podia aceitar. Ela percebeu que tinha perdido. Portanto, apoiou Bjørn Hansen. Só que já era tarde demais. Evidentemente, ele estava contente com o apoio, tanto porque era claro que aumentaria as chances de que sua ideia sobre o grande empenho de fato poderia ser realizada, mas também porque dava uma indicação de que seu relacionamento poderia continuar, calma e resignadamente, fundada na lealdade e não naquela beleza que buscamos, bem, pelo menos foi sob essa perspectiva que ele tentou encará-lo. No entanto, também viu o outro lado. Essa solidão terrível na companhia de uma beldade desbotada. Uma que os outros com prazer deixavam para ele, depois de enchê-la de elogios com intenções sinceras e sem compromisso. Que bom que temos Turid, e que bom que temos Bjørn que se encarregou de viver com ela, bem pertinho dela. Bjørn Hansen estava incomodado com o aspecto duro do rosto de Turid, as linhas rígidas, sem suavidade, e que ainda por cima estavam acompanhadas por uma exclamação, ou pio, que fazia um contraste estridente: ainda sou uma moça por dentro, nunca estive tão jovem como agora, o que levou um engenheiro de trinta anos de idade a dar a mão aos dois e, aliviado, sair às pressas assim que Bjørn Hansen enfim apareceu e pôde cumprir seus deveres conjugais, cuidando dela, guardando-a só para si, permitindo que ele, o engenheiro com a vida pela frente, pudesse sair correndo, a salvo da possibilidade horrível de ter que acabar nos braços ressecados dela, aqueles braços em que Bjørn Hansen ainda se encontrava, por causa de fatos que aconteceram fazia doze anos.

Sua lealdade inabalável o prendia a ela. Ele a sentia como um agarramento, mas não podia fazer nada. E estava contente com o apoio, porém desconfiado. Mas como Turid continuou a fazer campanha a favor de que a Sociedade Teatral de Kongsberg realmente se encarregasse de um empenho tão ousado como representar Ibsen, e, mais tarde, durante os ensaios, desempenhou seu papel de Gina Ekdal com dedicação, sem qualquer espécie de glamour ou pompa, sua desconfiança se dissipou. Chegou a imaginar um convívio, sim, um companheirismo entre os dois, que poderia se tornar tão profundo que seria capaz de aplacar a dor de acordar ao lado dela de manhã e ver seu rosto macerado sem maquiagem. Sim, ele viu que ela apostava nisso, afinal, ele via com seus próprios olhos. E também decidiu tentar. Uma vida de seriedade e companheirismo dentro do âmbito de uma companhia de teatro amador, os representantes do *homo ludens* em Kongsberg, aquela cidade provinciana de fim de mundo, onde tentariam realizar um empenho realmente grande. Antes de ficar evidente que o próprio projeto não daria certo (e não poderia dar certo), ele vislumbrou, em seu relacionamento com Turid Lammers, os contornos de uma vida madura resignada, que no fundo não o atraía, mas que poderia atenuar a dor da outra coisa, da imagem insuportável, e a consciência de que sua vida inteira tinha sido uma busca de algo que se dissolveria, porque a natureza não tem piedade. Estava feliz com a lealdade resignada e inabalável de Turid Lammers, que ela apresentava com seu charme excepcional e consumado. Mas na realidade ele queria fugir. Era isso que queria. Sabia que não seria capaz de amortecer a dor. Mas estava acorrentado a ela.

Então ela o fez, ela se desprendeu e o traiu, à vista de todos no palco, sob o pretexto de salvar os destroços de um espetáculo de teatro amador. Será que valeu a pena? Ou será que ela sabia o que estava fazendo? Como Turid estava exultante naquele momento decisivo. O tremor de seu corpo. Que apenas Bjørn Hansen, vulgo o enfadonho Hjalmar Ekdal, poderia perceber por estar tão perto dela no palco. Os joelhos tremidos, o rosto emocionado que farejava a aprovação do público por um breve momento. Ensimesmada, tocada, envolta em seu próprio sucesso barato, isso era Turid Lammers, exaltada, embriagada, a qualquer preço. Esse era seu prazer. Bjørn Hansen finalmente estava livre dela. No seu grande momento, ele sabia que não queria mais viver com ela por nada deste mundo.

Mesmo assim, dois anos se passariam antes de a separação final acontecer. Pois o que ele diria a ela? Que sentia que a vida lhe houvesse escapado porque não mais achava seu rosto e seu corpo atraentes? Que era incapaz de se conformar com o fato de que a beleza suave a tinha abandonado para sempre, deixando uma mulher por quem não conseguia sentir nada a seu lado na cama? É intolerável um homem olhar para sua mulher dessa forma, e é algo que o faz perder a fala. Assim, ele ficou atrelado a ela. Os dois anos que se passaram antes de ele conseguir se desprender dela foram um verdadeiro pesadelo que aqui será passado em silêncio.

Mas por fim ele conseguiu juntar seus pertences

mundanos e se mudou para um apartamento num prédio residencial moderno no centro de Kongsberg. Finalmente sozinho. Ele podia respirar livremente, circular na sua própria sala e desfrutar uma vida tranquila. O apartamento ficava no terceiro andar, e, da sacada, ele enxergava a estação de trem logo abaixo, à esquerda. O edifício da estação, com os trilhos, que dali a pouco desapareciam de sua vista ao se juntarem numa linha só, tanto ao norte como ao sul, contornando Kongsberg e formando um belo arco. De certa forma, Kongsberg estava cercada pela ferrovia, por onde passavam os trens, os trens rápidos de passageiros que iam para Kristiansand e Stavanger numa direção e para Oslo na outra. Toda noite logo antes da meia-noite, o trem noturno para Kristiansand e Stavanger parava na estação. O trem com suas cortinas fechadas, silencioso. Da estação não havia ruído algum naquela hora, ao contrário do que acontecia quando os trens paravam durante o dia e sua chegada era anunciada pelo alto-falante, que se ouvia claramente dentro da sala de Bjørn Hansen, até aos domingos. De sua varanda, do lado direito, Bjørn Hansen enxergava um pedacinho do rio que atravessava a cidade. O rio se chamava Lågen, e já que tinha sua fonte lá no planalto de Numedal era chamado de Numedalslågen. Kongsberg fica no interior, mas Numedalslågen, que passa pela cidade, continua a fluir, em zigue-zagues e meandros, por dezenas de quilômetros a fio, até finalmente chegar ao litoral, em Larvik. O pedaço que Bjørn Hansen avistava era algo especial, pois exatamente ali havia três ilhotas minúsculas, cobertas de grandes pinheiros, era uma vista de que Bjørn Hansen gostava bastante, entretanto, mais que tudo, ele queria ter tido a vista de uma das muitas cachoeiras formadas por Numedalslågen justamente naquelas paragens onde passa pela antiga cidade de Kongsberg, aliás, também formando um belo arco. O arco que o rio forma ao passar a Cidade Velha tem uma beleza especial, com a igreja do século XVII numa colina e a silhueta de três ou quatro magníficos edifícios com ar aristocrata do fim do século XVIII. Aquela vista ficava particularmente bonita de cima da ponte ferroviária, que tinha um caminho para pedestres ao lado dos trilhos do trem, o qual Bjørn Hansen tinha o costume de incluir em sua caminhada de domingo, quase independentemente do resto do roteiro. Aí ele também poderia se inclinar sobre a cerca enferrujada de arame farpado e olhar para o rio lá embaixo, para a água negra, e estudar seus reflexos e ondulações.

Por sinal, essas caminhadas de domingo Bjørn Hansen costumava fazer com Herman Busk, o dentista cantor. Batiam perna em Kongsbergmarka, nas colinas com vista para a cidade, onde havia trilhas que levavam até os picos, por exemplo, Knutehytta, que era popular. Os dois estavam usando *knickerbockers* e anoraques à moda antiga e andavam sem pressa ao ar livre enquanto conversavam. Ambos eram homens de meia-idade, respeitados na sociedade, onde os dois já encontraram seu lugar fazia tempo. Herman Busk como dentista, Bjørn Hansen como tesoureiro. Domingo era dia de passear. As trilhas das colinas que cercavam a antiga cidade de mineração de prata estavam cheias de gente. Praticantes de pedestrianismo. A toda hora, tanto Bjørn Hansen quanto Herman Busk encontravam pessoas que eles cumprimentavam antes de continuar, ou com quem Herman Busk ou Bjørn Hansen trocavam umas palavrinhas, enquanto o outro ficava parado ao lado. Poderiam ser conhecidos comuns da Sociedade Teatral, ou pessoas que Bjørn Hansen conhecia de seu trabalho como tesoureiro, ou pessoas que Herman Busk tinha como pacientes. Ao voltarem para a cidade depois da caminhada, os dois muitas vezes iam para a casa de Herman Busk, onde a dona Berit os aguardava com o almoço de domingo. Se não, eles se despediam e cada um ia para sua casa. Deveria ser mais ou menos uma vez por mês que Bjørn Hansen era convidado para o almoço de domingo na casa da família Busk, o que ele apreciava, pois nada era como voltar de uma longa caminhada ao ar livre e entrar no hall da residência de Herman Busk e sentir o cheiro do assado de domingo dar voltas nas narinas, algo que Bjørn Hansen não deixava de proclamar alto e bom som, para o agrado da dona Berit, a esposa de Herman Busk. No entanto, ele tampouco se importava em comer sozinho. Aos domingos, com frequência almoçava no Grand Hotel, porque o restaurante possuía uma excelente cozinha, melhor que o antigo Kongsberg Kro, que não tornou a alcançar o alto nível de outrora depois da reforma feita em função de um incêndio alguns anos atrás. Gostava de comer fora aos domingos, sozinho, servido por um garçom atencioso que o conhecia porque era freguês habitual. Muitas vezes Bjørn Hansen então ficava refletindo sobre a conversa que ele e Herman Busk tiveram enquanto caminhavam pelas trilhas das colinas, com vista para a cidade. Trocavam muitas ideias sobre literatura, pois os dois eram leitores assíduos. Bem que os gostos eram um tanto diferentes. Herman preferia romances abrangentes, relativamente convencionais, muitas vezes publicados pelo Clube do Livro, enquanto Bjørn Hansen, de modo geral, comprava seus livros na megaliquidação anual das livrarias, onde os verdadeiros achados se encontravam. Nesse sentido, raramente poderiam discutir obras individuais com proveito, já que Herman Busk não tinha lido os livros que Bjørn Hansen tinha lido, e Bjørn Hansen não ligava para os livros que Herman Busk lia. Mas ele gostava de ouvir Herman Busk falar sobre esses livros, especialmente sobre a razão por que os apreciava, talvez nem tanto em função dos argumentos ou das palavras que usasse, mas pelo tom de voz, que indicava que tinham o mesmo referencial, embora os dois estivessem sozinhos em relação ao outro quando se tratava das grandes experiências como leitor dentro desse mesmo referencial. Pela mesma razão, Bjørn Hansen sabia que Herman Busk o entendeu quando ele, com orgulho, anunciou, na tarde de um domingo de outono, enquanto as folhas estavam caindo das árvores e as trilhas estavam cheias de folhas amarelas, feito um tapete, ou lixo, para quem quisesse vê-las nessa perspectiva, que Camilo José Cela acabara de ganhar o Prêmio Nobel de Literatura, pois havia lido um romance de Cela chamado *A família de Pascual Duarte*. Achara-o na megaliquidação sete anos atrás, um exemplar, pelo qual era o único a mostrar interesse, embora o tivesse conseguido por uma ninharia. Não havia muitos na Noruega que ouviram falar de Camilo José Cela, o romance com certeza não vendera mais que uns duzentos exemplares, ainda que estivesse na megaliquidação, e enfim ele era um desses duzentos. Com base nas entrevistas que Bjørn Hansen havia lido depois de Cela receber o prêmio, sua impressão era que poucos dos corifeus literários entrevistados tinham lido algo dele. Mas o fato era que um homem em Kongsberg o conhecia. O tesoureiro de Kongsberg tinha encontrado esse romance que fora engendrado na cabeça de um escritor espanhol da mais alta qualidade, e isso deveria ser alguma coisa, não? Onde estavam os outros duzentos leitores? Certamente havia vários nas três maiores cidades, Oslo, Bergen, Trondheim, e entre os duzentos, sem dúvida tinha os conhecedores da língua espanhola, espalhados por esse país comprido e estreito, que o leram em norueguês para verificar a tradução, mas se fizessem um levantamento exato, com certeza teriam uma surpresa. Por exemplo, havia esse leitor único em Kongsberg, mas Bjørn Hansen estava convencido de que em alguma cidadezinha na Noruega havia uma colônia de leitores de Cela, por exemplo, em Geithus. Geithus? Por que não? Poderia muito bem haver quinze leitores de Cela em Geithus, pois era assim: a leitura de certos romances é como uma epidemia em miniatura, uma epidemia secreta que de repente irrompe nos lugares mais estranhos, enquanto o resto passa batido. Não era assim antes, mas é assim agora, disse Bjørn Hansen, falando com animação porque tinha orgulho de pertencer aos duzentos integrantes seletos dessa irmandade secreta que tinha lido o romance *A família de Pascual Duarte*, de Camilo José Cela. Por sinal, um romance sombrio, acrescentou Bjørn Hansen, trata de um analfabeto que matava a sangue-frio, uma lenda espanhola que diz algo sobre as condições de desenvolvimento do ser humano no solo queimado e rachado da Estremadura, na Espanha, entretanto, acrescentou ele pensativo, será que era sombrio o suficiente, quero dizer, gostei do livro, mas será que foi fundo o suficiente, quero dizer, fundo o suficiente em minha própria existência? Depois de ter dito isso, ficou calado, e Herman Busk também não sabia o que dizer. Andaram calados lado a lado. A maior parte do tempo era assim que andavam, o discurso de Bjørn Hansen com relação à atribuição do Prêmio Nobel a Cela era antes uma exceção do que uma regra, tendiam a falar só quando calhasse, e muitas vezes por meio desse tipo de monólogo, mas a maior parte do tempo caminhavam lado a lado, os dois absortos nos próprios pensamentos, apenas interrompidos pela obrigação de retribuir os cumprimentos amigáveis dos que passavam. Entretanto, na época em que Cela ganhou o Prêmio Nobel, Bjørn Hansen tinha andado mais calado do que de costume, pois uma preocupação passara a incomodá-lo. Havia começado a sentir dor nos dentes. No entanto, nem tinha certeza de que começara a sentir a dor, possivelmente a tivera fazia muito tempo, mas só se dera conta disso ultimamente, porque precisava encarar o fato de que logo faria cinquenta anos e já tinha atingido o pico e iria iniciar a descida. Mas estava realmente preocupado com seus dentes, que doíam mesmo, pelo menos incomodavam. Tinha vontade de mencionar isso para Herman Busk, mas ficou com receio de importuná-lo. Uma vez por ano, o dr. Busk o chamava para o check-up anual e examinava seus dentes meticulosamente. Além disso, não tocavam no assunto. Mas agora começara a doer, e faltavam pelo menos nove meses para a próxima consulta. Bjørn Hansen estava preocupado de verdade, não tanto por causa da dor, isso ele poderia aguentar facilmente, mas pelo que significava. Temia que a dor significasse que seus dentes estavam prestes a cair, a se soltar da gengiva e simplesmente cair, um por um. Volta e meia precisava fazer um grande esforço para não confidenciar a Herman Busk sua preocupação. E isso apesar de saber, ou pelo menos achar, que Herman Busk ficaria chateado se soubesse que ele estava sofrendo tantas angústias e mesmo assim não queria se abrir com Herman Busk, que imediatamente lhe teria marcado uma consulta já na segunda-feira. Mas com certeza não era nada, pensou. Estava só imaginando coisas, bobagem incomodar um amigo em seu tempo livre com seus problemas imaginários, pensou. Assim caminhavam, calados, um ao lado do outro, pelas trilhas de Kongsbergmarka, nas colinas com vista para a cidade. Interrompidos por um comentário ou um discurso mais longo. Ao mesmo tempo que Bjørn Hansen pesava escrupulosamente os prós e os contras relativos a manifestar sua preocupação com os dentes e no fim optou por não incomodar o dentista, ele não se importava em deixar as ideias alçarem voo e as palavras as seguirem quando se tratava de outros assuntos, e nesse caso muitas vezes era capaz de dizer coisas que surpreendiam Herman Busk. Por exemplo, o tesoureiro da cidade de repente disse que quase todos os livros de que gostava eram livros impiedosos que mostravam a vida como impossível e continham um humor negro e mordaz. Até aí estava tudo bem, e Herman Busk reconhecia seu amigo naquilo. Mas quando este acrescentou: – Estou começando a ficar cansado deles agora – e passou a explicar que o que queria ler a essa altura era um romance que mostrava a vida como impossível, mas sem qualquer toque de humor, nem negro nem de outra espécie, então Herman ficou perplexo e não conseguiu pensar em outra coisa para dizer além de que afinal havia muitos livros sem qualquer toque de humor, após o que Bjørn Hansen voltou atrás dizendo que tinha total razão e que todos eles por sinal eram bem chatos. A essa altura, já se encontravam na cidade outra vez, tinham caminhado pela velha ponte ferroviária, ficaram parados lado a lado, inclinados sobre o parapeito, olhando para o rio lá embaixo, antes de continuarem pelo caminho de pedestres ao lado do trilho de trem e depois pegarem um atalho que descia para dentro da zona urbana e, enfim, chegarem à esquina onde ou se despediam e iam cada um para sua casa, ou os dois continuavam na mesma direção rumo à casa de Herman Busk, onde dona Berit os aguardava com seu assado de domingo.

 Bjørn Hansen completou cinquenta anos. O dia passou em brancas nuvens, ele estava em sua própria companhia, em *splendid isolation*, num apartamento de um prédio residencial em Kongsberg. De antemão, avisara que não desejava qualquer atenção, o que foi respeitado. Do jornal *Aftenposten*, recebeu a oferta de ter a data mencionada ali, se mandasse uma foto e informasse sobre seus dados vitais, como ele disse ao comentar o fato com Herman Busk. *Lågendalsposten*, o jornal local, também telefonou para fazer uma entrevista, mas ele resistiu tão pateticamente que entenderam que estava falando sério ao dizer que não queria ter uma única palavra no jornal e o deixaram em paz.

 Ele começou a sentir dores abdominais. Dores depois de comer. Isso o preocupava, e ele pensou que deveria ir ao médico. Mas torceu para que as dores fossem parar sozinhas, portanto não procurou o médico. Só que não pararam. Mas será que as dores na verdade eram tão fortes? Ele prestou atenção. Havia um incômodo, poderia se dizer. Sentia um incômodo nos dentes e tinha um incômodo no abdômen. Nenhum dos dois ia embora. No entanto, ele não quis procurar seu bom amigo Herman Busk como dentista a toda hora e optou por esperar até receber a chamada para

a consulta anual. Como alternativa, resolveu ir ao médico. Ligou para o dr. Schiøtz do hospital, com quem costumava se tratar. De certa forma, conhecia o dr. Schiøtz, já que os dois foram figurantes de diversos musicais produzidos pela Sociedade Teatral de Kongsberg, e, apesar de isso ter sido quatro anos atrás, ele ainda poderia tê-lo como médico. O dr. Schiøtz marcou uma consulta de imediato.
   Ele chegou ao hospital na hora marcada e foi levado ao consultório do dr. Schiøtz. O dr. Schiøtz estava de jaleco atrás de uma mesa e fez perguntas do tipo que estava acostumado a ouvir de médicos. Bjørn Hansen respondeu, e o dr. Schiøtz prestou atenção. Apalpou seu abdômen e perguntou se doía quando fazia pressão. – Não, nada de mais – disse Bjørn Hansen. O dr. Schiøtz emitiu um pedido de exame radiológico enquanto conversava sobre os velhos tempos, comentando de passagem que ele também tinha parado de frequentar a Sociedade Teatral. Os anos passam, como ele disse. Prefiro ficar em casa escutando meu Mozart. Aliás, na opinião de Bjørn Hansen, isso combinava melhor com esse médico comprido e discreto, com seus dedos típicos de pianista.
   Depois de um tempo, recebeu um telefonema do dr. Schiøtz, chamando-o para ir ao hospital. O resultado do exame radiológico havia chegado. Bjørn Hansen ficou pálido e imediatamente foi para lá. Mandaram-no entrar no consultório do dr. Schiøtz, onde o médico estava atrás de sua mesa, assim como da última vez. Estudou a imagem de raios X. – É impossível encontrar qualquer coisa – disse. Precisamos fazer mais exames. Vamos investigar isso. Bjørn Hansen fez que sim. Com seu estetoscópio, o dr. Schiøtz lhe auscultou o peito. Discreto, distante, como sempre. Mas de repente ele disse: – Quantos pacientes você acha que eu já tive? Em toda minha vida? – Bjørn Hansen sacudiu a cabeça, admirado com a pergunta. Não sabia o que dizer. Do nada, o dr. Schiøtz olhou direta e intensamente para ele, mas com

seu olhar vago de sempre, algo que todos tinham interpretado como afastamento e timidez. – Atender um paciente perfeitamente saudável não pode ser considerado gratificante, do ponto de vista do médico. Pode? Afinal, deve ser mais gratificante atender um homem muito doente, pois é o homem doente que o médico pode curar. Não concorda? Bjørn Hansen se sentiu constrangido. Era tão esquisito ali. O dr. Schiøtz estava transformado, e fora totalmente inesperado. Era o que ele disse que fez a diferença, não seu jeito de ser, ele era assim como Bjørn Hansen o lembrava. De repente, Bjørn Hansen entendeu tudo. O homem obviamente era viciado em drogas. Como não tinha percebido isso antes? O dr. Schiøtz no palco do cinema de Kongsberg, os dois, Bjørn Hansen e ele, no coro, enquanto dançavam e cantavam o refrão usando roupa de caubói, blusas de marinheiro, ou o que quer que fosse. Sempre distante. Nunca totalmente envolvido, apesar de estar explodindo de energia irrequieta e soltando a voz nas músicas, mas sempre com um sorriso discreto e idiota nos lábios. Pois é, esse era o dr. Schiøtz, o viciado discreto. Bjørn Hansen se sentiu tonto. Como ninguém o tinha visto? Afinal, era tão evidente. Mas era evidente *agora*, só porque o dr. Schiøtz tinha falado naquela linguagem superagitada. Em outras palavras, Bjørn Hansen se deu conta disso *agora* só porque o dr. Schiøtz lhe tinha dado uma indireta para que o percebesse.

Aquilo deixou uma impressão tão forte nele que mal sabia o que estava fazendo. Olhou incrédulo para o dr. Schiøtz, que estava sentado ali atrás da mesa, em seu jaleco de médico, com seus dedos delgados, mexendo no estetoscópio, e com seu olhar meigo e distante. Será que isso é real? Por que eu? Por que o dr. Schiøtz quer revelar isso justamente para mim? Mas o dr. Schiøtz não deu nenhuma resposta, só ficou sentado do mesmo jeito que antes, distante e discreto, atrás de sua mesa. De repente Bjørn Hansen ouviu a si próprio dizer: – O que me incomoda é que minha vida é tão insignificante. – E isso ele nunca tinha dito a ninguém, nem a si mesmo, apesar de tê-lo tido na ponta da língua durante muitos anos, sim, o tempo todo, e agora, enfim, ele o disse. Olhou surpreso para o dr. Schiøtz na hora que o disse. O olhar vago do dr. Schiøtz começou a vacilar assim como vacila num homem que fica tocado, sem querer mostrar que tenha ficado. Um olhar vacilante, distante, bem lá no fundo. E ainda faltam trinta anos, ou qualquer coisa assim, pelo menos dezessete, até eu me aposentar. Acho que não tenho ilusões. Ouviu a si mesmo falar em voz alta e num tom tão curiosamente ingênuo, que raios era isso? O olhar do dr. Schiøtz vacilou outra vez. Então ele sorriu, um sorriso caloroso, o contato fora feito.

 O estômago o incomodava. O dr. Schiøtz se empenhou em descobrir o que era. Estava inclinado a pensar que as dores abdominais eram um sintoma de alguma outra coisa, e realizou diversos exames. Os quais eram todos negativos, ou positivos, conforme o que estava procurando. Isso significava que Bjørn Hansen repetidas vezes tinha consultas com esse médico mais altamente respeitado. Onde então poderia ouvir a si mesmo falar sobre coisas que nem havia dito para si mesmo, enquanto o médico o escutava exultante. Em seu estado leve de inebriação, provavelmente. – Quase tudo me é indiferente – Bjørn Hansen ouvia a si próprio dizer. O tempo passa, mas o tédio permanece. Palavras que deixavam o dr. Schiøtz feliz de verdade, ele poderia perceber isso, enquanto o médico fazia seus exames. Será que poderia ser a garganta? Abra a boca. Será que poderiam ser os ouvidos? O que os ouvidos têm a ver com o estômago? Quem sabe, quem sabe?

 – É por mero acaso que estou nessa cidade, sabe, ela nunca significou nada para mim. Também é mero acaso que sou o tesoureiro daqui. Mas se eu não estivesse aqui, estaria em algum outro lugar e viveria do mesmo jeito. Só que não posso me conformar com isso. Fico realmente revoltado quando penso nisso – disse Bjørn Hansen, mais uma vez tremendo nas bases, porque de fato se articulava dessa forma na presença de outra pessoa. – A existência nunca respondeu a minhas perguntas – acrescentou. – Imagine que vou viver uma vida inteira, e ainda por cima se trata da minha vida, sem estar nem perto do caminho onde minhas necessidades mais profundas podem ser vistas e ouvidas. Quero morrer em silêncio, isso me assusta, sem uma palavra nos lábios, pois não há nada a dizer – disse, ele mesmo percebendo o apelo desesperado da própria declaração. Dita a outra pessoa que já tinha parado de funcionar como ser humano fazia tempo, que não passava de uma casca exterior vazia em seu trato com a sociedade, onde ocupava uma posição elevada e importante. Ah, o sol passando pelas cortinas municipais da janela desse consultório médico no hospital de Kongsberg! Os enjoativos raios solares no peitoril. O vidro transparente das vidraças retangulares, limpas com espuma todos os dias, como parte da segurança que o hospital deve emanar em sociedades como a nossa. Bjørn Hansen se sentiu um pouco envergonhado com suas próprias palavras, pois lhe parecia ofensivo que um homem acima de cinquenta anos de idade falasse sobre a morte, e agora ele mesmo o tinha feito, alto e bom som. Um homem de trinta anos de idade pode fazê-lo, pois a morte dele é um desastre, vista em qualquer perspectiva, sendo arrancado de um trago de sua trajetória, mas para Bjørn Hansen, que acabara de completar cinquenta anos, a morte seria apenas o desfecho de um processo natural que de fato teria ocorrido um pouco precocemente do ponto de vista da estatística, e por isso ele tinha mais é que aceitar tudo, sem choramingar, o que passou, passou, e a corrida continua rumo a sua conclusão natural. Mas mesmo assim ele tinha manifestado seu horror diante de ser obrigado a morrer sem ter uma palavra a dizer sobre aquilo tudo, nem para si mesmo, e isso lhe era, e sempre seria, insuportável.

      E o que o dr. Schiøtz dizia sobre tudo isso? Não

muito. Só estava exultante. Realizava seus exames, selava as amostras, as encaminhava para análise, recebia o resultado, agendava mais uma consulta com Bjørn Hansen e fazia mais exames. Enquanto isso, Bjørn Hansen falava sobre assuntos como esse. Era como se entrasse num espaço diferente, só por ir ao encontro do dr. Schiøtz, em pé ou sentado, com seu olhar vago e meigo que de vez em quando vacilava numa felicidade silenciosa porque alguém tinha vindo a seu encontro dessa forma. Uma ou outra vez o médico fazia referência a sua toxicodependência, sempre a chamando de seu destino. – Com meu destino – poderia dizer – não é muito fácil lidar com nada, mesmo os afazeres mais triviais são um suplício para mim, quando penso sobre eles. Curiosamente, não na hora de realizar a tarefa, mas quando penso sobre ela, antes ou depois. – No final, o dr. Schiøtz já tinha feito um check-up completo do corpo de Bjørn Hansen, sem encontrar absolutamente nada. – Não tem nada de errado com você, posso te garantir – disse, dando uma risadinha. Era um mau hábito que o médico adquirira nas consultas com Bjørn Hansen como paciente. Uma risadinha contida, de que Bjørn Hansen não gostava, mas aceitava porque indicava que o dr. Schiøtz já confiava tanto nele que poderia dar vazão a essa manifestação de estar eternamente possuído por uma leve inebriação, algo que o médico normalmente precisava tomar cuidado para que não escapasse de seu mundo interior, onde ele vivia sua própria vida, só para si mesmo, dentro de si, completamente indiferente a tudo a não ser essa inebriação que infestava seus vasos sanguíneos invisíveis de forma tão calmante. E com isso o papel de Bjørn Hansen como paciente acabou. Ele se despediu e saiu do hospital, ligeiramente surpreso com o fato de que tinha acabado e de que essas sessões estranhas já eram um capítulo encerrado.

    A partir de então, porém, o dr. Schiøtz começou a procurar Bjørn Hansen pessoalmente. Em seu apartamento. Em geral, tarde da noite, e muitas vezes num estado de inebriação mais forte do que era costumeiro no consultório. Não aparecia com muita frequência, uma vez por semana talvez, ou mais raramente. Mas as conversas continuaram. Bjørn Hansen falava, e o dr. Schiøtz fazia referência a seu destino, que ele estava feliz por poder manifestar de forma natural e franca. Depois de o dr. Schiøtz ter saído, Bjørn Hansen dava continuidade à conversa sozinho, com o médico como interlocutor fictício. Dessa forma, ficou cada vez mais interessado em pensar abertamente naquela linguagem dentro da qual se havia aventurado. Tinha algo a ver com ele não ser capaz de se conformar com a ideia de que era só isso. Ela o deixava revoltado. Não queria tolerar isso. Precisava mostrar de alguma maneira que não iria tolerar isso. E, portanto, concebeu um plano. Um projeto insano, que pensou em apresentar ao dr. Schiøtz a próxima vez que aparecesse.

Por meio desse plano, colocaria em prática seu Não, ou sua grande Negação, que era como havia começado a chamá-lo, através de um ato que era irrevogável. Por meio de um único ato, ele se lançaria dentro de alguma coisa em que não haveria qualquer possibilidade de voltar atrás e que o ligaria a esse único ato insano para o resto da vida. Apresentá-lo ao dr. Schiøtz era algo que ele estava muito ansioso por fazer, sobretudo pelo fato de que o plano dependia da colaboração do dr. Schiøtz e assim os uniria de uma maneira que representava a consumação do relacionamento que fora criado entre os dois. Portanto, aguardava ansiosamente a visita do dr. Schiøtz, e quando este enfim tocou a campainha certa noite a altas horas, mais alheio do que nunca, em outro mundo poderia certamente se dizer, Bjørn Hansen ouviu que havia um tom especial de expectativa em sua própria voz ao dizer: – Ah, é você, pode entrar, pode entrar. – O dr. Schiøtz sentou-se e Bjørn Hansen logo começou a explicar o plano, em resumo. No que consistia, o que Bjørn Hansen faria, e com que finalidade, e em que parte o dr. Schiøtz entrava. Mas o dr. Schiøtz logo disse que não queria ter parte naquilo. Era arriscado demais. No entanto, o dr. Schiøtz era totalmente necessário, sem ele o plano não poderia ser realizado. Bjørn Hansen se surpreendeu com a reação negativa do médico, a qual indicava que o via como "realidade" e não como "ideia", assim como havia sido a intenção de Bjørn Hansen, mas para uma "ideia" se tornar "ideia" em sua última consequência, ela terá de ser proclamada como "realidade", algo que o dr. Schiøtz não estivera disposto a aceitar. Talvez a ideia fosse ruim, pensou Bjørn Hansen, e começou a explicá-la melhor ao médico. Achou que não estava conseguindo. Defendia inteiramente a "ideia", ou a visão, mas tinha dificuldade de encontrar as palavras certas. Não sobre o que iria acontecer, mas sobre por que cargas-d'água era capaz de pensar assim, mesmo se fosse apenas como uma brincadeira. Enfim, simplesmente teve de avisar: – Não consigo explicar por que penso do jeito que faço – disse. – Mas é assim que penso, viu? – acrescentou, rindo, um pouco perplexo consigo mesmo. Logo depois o dr. Schiøtz disse boa-noite e foi embora.

    Mas ele voltou. Dessa vez, tinha tomado a decisão. – Só que quero metade do valor do seguro – disse ele, algo que Bjørn Hansen lhe daria com prazer. – Porque você está tomando um grande risco – disse. O dr. Schiøtz encolheu os ombros.

    Em seguida, o médico estudou o plano. Com seu conhecimento, ele imediatamente atacou três pontos fracos nele. – O local não pode ser aqui – disse. – O local precisa ser bem longe daqui. O Leste Europeu, talvez. Você tem possibilidade de ir lá por algum motivo plausível? – Bjørn Hansen pensou bem. – Sim, acho que sim – respondeu. E então tinha uma coisa que precisava ser evitada. Ninguém mais poderia ser envolvido. Se conseguissem isso, daria certo. – Os que vão lidar com o problema como parte da rotina não vão ter a menor suspeita, assim é a natureza humana – disse o médico. – Não vamos ser pegos, a menos que você revele tudo. – Mas Bjørn Hansen não queria revelar nada. Se não por outro motivo, por consideração ao dr. Schiøtz. Se sentisse necessidade de fazer uma confissão, tinha outra pessoa além de si mesmo a ter em conta, e isso o seguraria, disse em tom acalorado, e mais uma vez viu que o dr. Schiøtz ficou emocionado.

Depois de o dr. Schiøtz ter examinado minuciosamente essa "ideia" insana, ela se transformou numa operação clínica, em que se lidava com os pontos operacionais, cujas alternativas e possíveis impedimentos eram estudados com atenção. Pois agora que o dr. Schiøtz decidiu participar ativamente da brincadeira, ele a tornou muito concreta, aquilo que a princípio era apenas uma expressão da profunda atração de Bjørn Hansen por algo irreversível agora se transformou num projeto viável dentro da sistemática do serviço de saúde, onde a questão era aproveitar o fato de que era possível, do lado de dentro, fazer pequenos furos, finos e escuros, dentro de cada sistema de pensamento, assim como dentro de cada rede social.

Para Bjørn Hansen, a adesão do dr. Schiøtz a seu próprio projeto significava que este ficou mais assustador e mais fascinante ao mesmo tempo. Logo, não sabia se era brincadeira ou realidade. Bem, ele mesmo era da opinião de que se tratava de uma brincadeira, uma fantasmagoria doentia, sim, ele a chamava assim, essa lógica da loucura do próprio cérebro, pela qual sentia tanto fascínio, e que compartilhava com o dr. Schiøtz, como um voto de confiança. Mas conforme palavra puxou palavra e ele frisou para o dr. Schiøtz que era uma "brincadeira", insistindo nisso, embora muito discretamente, indiretamente, o dr. Schiøtz olhou para ele com desdém, como se não arredasse pé e não entendesse o que Bjørn Hansen quis dizer ao se referir a um tipo de "brincadeira". O plano era para ser implementado. A essa altura, era muito real. Só faltava o local, e esse se apresentaria na primeira oportunidade. O dr. Schiøtz não estava brincando. Bjørn Hansen sentiu seu pescoço sendo apertado. Ele não era o tesoureiro de Kongsberg? O dr. Schiøtz não era um médico altamente respeitado do hospital de Kongsberg? O que era isso? Uma brincadeira, que mesmo como brincadeira não poderia chegar aos ouvidos de ninguém, o constrangimento seria grande demais. O tesoureiro e o médico. Mas o dr. Schiøtz era viciado em drogas. Precisava de um cúmplice, e não apenas na "brincadeira". Correra um risco pessoal para chegar a uma pessoa "sã" que falasse a linguagem dos "doentes" de verdade, como um cúmplice, e o dr. Schiøtz não hesitou em fechar um acordo de negócios com um irmão assim.

À medida que o médico se engajou cada vez mais no planejamento, Bjørn Hansen passou a sentir uma forte ambivalência tanto em relação ao dr. Schiøtz como em relação ao plano. Ficou irritado com a maneira clínica de expressão do médico ao falar sobre um evento futuro que transformaria a própria vida de Bjørn Hansen fundamentalmente, sim, desastrosamente, tratava-se de uma imersão no desconhecido e no absolutamente irrevogável, e, suspeitando que o dr. Schiøtz sentisse entusiasmo por esse plano apesar de que, como médico, obviamente deveria considerá-lo estúpido e autodestrutivo, "doente" até, Bjørn Hansen tirou a conclusão de que isso teria de significar que o dr. Schiøtz tentava fazê-lo "cair", pois apenas dessa forma os dois homens poderiam se tornar iguais, por fora de tudo, cada um com sua aflição secreta. Ainda assim ele ficou tão fascinado pelo plano, e sobretudo por sua possível realização, que muitas vezes pensou: vou fazer isso. Deus me acuda, mas vou fazer isso. Ninguém pode me impedir, finalmente. Mas é insano, insanamente tentador, é loucura. E enfim, ao se dar conta de que estava brincando com sua própria vida a tal ponto que, na maior seriedade, pensava em pôr em prática esse

empreendimento, então exclamava, em voz alta, se estivesse sozinho: Não, não, mas isso não é verdade! Isso não sou eu!
Entretanto, recebeu uma carta do filho. Era no final de maio, e foi uma surpresa total para ele. Não tinha visto o filho desde os quatorze anos de idade, época em que Peter, que morava em Narvik com sua mãe e seu padrasto, parou de visitá-lo no verão, uma vez que não se encaixava nos outros planos, mais interessantes, do jovem. Contudo, não tinham ficado totalmente sem contato. Falavam ao telefone várias vezes por ano, no Natal e nos aniversários. Sim, Peter muitas vezes ligava para ele se tinha alguma notícia especialmente agradável a contar, por exemplo, se tinha tirado notas sensacionais, ou se seu time, ou ele próprio, tinha se destacado no campo esportivo. Mas foi a primeira vez que recebeu uma carta dele.

A essa altura, Peter Korpi Hansen tinha vinte anos de idade. Estava fazendo o serviço militar e receberia baixa dali a algumas semanas, no início de junho. A carta foi postada no quartel, e no verso do envelope o filho indicara seu número de serviço antes de seu nome, bem como o pelotão e a companhia a que pertencia. Escreveu que no outono começaria a estudar na Escola Politécnica de Kongsberg, onde tinha entrado no curso de Optometria. Consequentemente, quis saber se poderia morar com o pai durante o primeiro semestre, ou pelo menos até encontrar um alojamento adequado por um preço razoável.

Bjørn Hansen ficou comovido. Prontamente se sentou à mesa e escreveu de volta. Sim, era claro que Peter poderia morar com ele, nada lhe daria mais prazer, tinha espaço suficiente, por isso não seria preciso procurar um quarto alugado, a não ser que preferisse morar em outro lugar que não a casa do pai, nesse caso ele não ficaria magoado, pois estava ciente de que muitos jovens o preferiam.

Em seguida, porque a carta era breve demais em sua opinião, ele acrescentou algumas linhas sobre sua rotina diária como tesoureiro de Kongsberg. Contou como os tempos de vacas magras aumentaram sua carga de trabalho, já que as pessoas tinham dado um passo maior que a perna nos tempos de vacas gordas e agora, depois da virada, não eram capazes de cumprir com suas obrigações financeiras, de modo que o número de falências tinha subido consideravelmente, o que era lamentável, claro, mas não havia nada que ele pudesse fazer quanto a isso. Mesmo assim, não pense que seja agradável para mim assinar o papel que tira o apartamento de pessoas comuns que, a essa altura, não conseguem mais honrar seus compromissos. A verdade é que me corta o coração, mas ninguém consegue perceber isso se olhar para mim, porque, de qualquer forma, meus sentimentos não podem ajudar essas pessoas.

Depois de acrescentar algumas palavras sobre estar feliz com a perspectiva de ver Peter ali em Kongsberg, ele assinou "seu pai", colocou a carta dentro de um envelope e o fechou. Passou os olhos pelo apartamento. Era mais do que espaçoso para uma pessoa só. Consistia em quatro cômodos. Uma sala enorme, que fazia as vezes de sala de estar e de jantar e tinha uma larga porta de correr que dava para uma sacada acolhedora, com o sol de fim de tarde. Tinha uma cozinha equipada com todos os eletrodomésticos modernos, exceto o micro-ondas, que só servia para fazer gororoba. Além disso, havia dois quartos, um dos quais Bjørn Hansen tinha mobiliado como uma biblioteca, era lá dentro que estava escrevendo para o filho naquele momento. Para fazer a faxina desse apartamento, ele tinha arranjado uma moça que cursava o penúltimo ano do colegial. Era a filha da sra. Johansen da tesouraria e se chamava Mari Ann. A bem dizer, ele mesmo poderia ter cuidado da limpeza do apartamento. Mas a sra. Johansen tinha reclamado que a pressão sobre os jovens era muito grande hoje em dia, tinham que ter isso e aquilo, equipamento esportivo caro e roupa de grife, e por isso a maioria tinha um bico além da escola, com a exceção de sua Mari Ann, o que a fazia se sentir excluída, e, consequentemente, Bjørn Hansen, seu chefe, tinha dito que sua filha poderia ganhar um dinheirinho limpando seu apartamento. Por isso Mari Ann fazia a faxina para ele. Já lhe foram dadas as chaves, e ela entrava no apartamento quando lhe convinha. Para ele, não importava quando ela ia, conquanto fosse uma vez por semana e executasse o trabalho que lhe pagava para fazer. Às vezes ela estava lá na hora que ele entrava no apartamento depois do expediente. Inclinada sobre o balde de limpeza, que exalava um cheiro forte de sabão amarelo. Usava calças jeans apertadas. Ele entrava na sala e a via ali, inclinada, torcendo o pano. Estava absorta no trabalho, exibindo um traseiro arredondado de moça. Totalmente despreocupada com o fato de ele entrar e observá-la. Ela só dizia olá, sem erguer os olhos. Bjørn Hansen não conseguia conter um sorriso (um pouco triste?) diante dessa despreocupação e ingenuidade juvenil, pelo menos a despreocupação com o olhar dele, que, aliás, ele desviava depressa. No início, ela era muito aplicada e meticulosa, e consequentemente levava um bom tempo. Mas aí começou a relaxar. Um dia ele a censurou, chamando atenção para o fato de que o pano não tinha sido bem passado nos cantos, que é onde a poeira se acumula. E tampouco debaixo do sofá. Então ela corou. Um forte rubor se espalhou sobre suas faces até os lóbulos. Era curioso de ver, e Bjørn Hansen tinha ficado perplexo. Ao mesmo tempo ficou com medo de que ela fosse contar para a mãe, e não sabia como lidaria com isso. Portanto disse que não fora sua intenção ser implicante e difícil, mas acontecia que achava que um apartamento não ficava limpo se o pano não fosse passado no chão inteiro, então vamos lá, que ele a ajudaria a tirar o sofá. Eles o fizeram, mas o rubor não desapareceu de seus lóbulos. No entanto, ele não achou que ela tinha dito qualquer coisa em casa, pelo menos não notou nada na sra. Johansen no

escritório.
Ele já tinha morado sozinho durante quatro anos. Naquele apartamento. Agora era necessário fazer algumas modificações. Em primeiro lugar, o filho precisava ter a biblioteca como seu quarto. Isso significava que os livros teriam de ser transferidos para a sala, e ele precisava encontrar um lugar ali para ler. Por sinal, poderia deixar algumas das estantes no quarto, para os livros de Peter. Além do mais, tinha de comprar uma cama, ou talvez, de preferência, um sofá-cama, para que o quarto se transformasse numa espécie de sala de estar onde o filho poderia receber suas visitas. Não, isso poderia ser mal interpretado. Era óbvio que o filho receberia suas visitas na sala grande, porque então ele mesmo poderia entrar no seu quarto, onde criaria um cantinho de leitura e montaria uma biblioteca em miniatura, sim, era assim que deveria fazer. No entanto, o filho deveria ter um sofá-cama, de qualquer forma, afinal, poderia receber os amigos na sala mesmo que tivesse um sofá-cama, caramba, uma cama daria uma impressão muito forte de dormitório. E ainda precisava considerar a possibilidade de, apesar de tudo, comprar um micro-ondas. Era verdade que estava convencido da impossibilidade de preparar comida realmente boa no micro-ondas, mas para um estudante jovem e ocupado, que com certeza iria querer uma refeição rápida, deveria ser um dispositivo excelente, pensou.

Assim dava voltas no apartamento, planejando as mudanças que se faziam necessárias porque o filho estava indo morar com ele. Estava animado. Isso viraria toda sua existência de ponta-cabeça. Ele de fato tinha um filho que estava chegando para morar com ele. Fora atingido por uma felicidade imerecida e entendeu que deveria saber apreciá-la. Derrubou as estantes de sua querida biblioteca, com exceção de uma, que pensou ser perfeita para os livros de Peter. Começou a montá-las na sala. Também fez o planejado cantinho de leitura em seu próprio quarto, com uma estante ao longo de uma das paredes e uma boa poltrona onde poderia sentar. Agora, o quarto inteiro do filho estava cheio de livros, empilhados no chão. Antes de guardá-los, na sala e em seu quarto, deu uma passada na cidade para procurar um bom sofá-cama. E um micro-ondas. Voltou e colocou os livros nas estantes. Depois de alguns dias, chegou o sofá-cama. Bjørn Hansen andou pelo apartamento se perguntando se tinha esquecido alguma coisa, algo que um jovem estudante definitivamente precisava ter em seu quarto particular, que talvez se tornasse seu gabinete de estudo. – Finalmente alguma coisa para me animar! – exclamou. – Que coisa mesmo. Isso eu não esperava. Imagine que ele quer morar aqui, ainda que seja apenas por algumas semanas! Que sorte que ele quer ser oculista! E que conseguiu ainda por cima entrar no curso! Toda minha existência vai ser virada de ponta-cabeça!

    Estaria reunido com seu filho novamente. Foi Peter quem tinha parado de procurar o pai. Mas também foi ele que agora tomou a iniciativa de restabelecer o contato. Bjørn Hansen sabia que poderia ser difícil. Seis anos se passaram desde a última vez que viu Peter, na época o filho era uma criança, agora já tinha virado adulto. Nem sabia como ele era. Talvez o filho não quisesse cortar o contato com o pai quando tinha quatorze anos. Embora tivesse inventado uma desculpa cada verão para não ir visitá-lo. Mas talvez tivesse desejado que o pai lhe pedisse de joelhos que viesse. Isso, porém, ele não tinha feito, pois fazia parte do preço que pagara por abandonar seu filho de dois anos de idade e sua mãe, teria de aceitar que esse filho, ao completar quatorze anos, dissesse a seu pai que tinha planos bem diferentes para o verão do que visitá-lo, e que o repetisse ao fazer quinze, dezesseis, dezessete, dezoito. Conforme a data da chegada de Peter se aproximou, ele ficou cada vez mais consciente de quanto se sentia inseguro e apreensivo com relação a esse reencontro. Percebeu a insegurança na maneira como falava sobre a chegada do filho para os outros. Por exemplo, para Berit e Herman Busk. Ele falava sobre Peter como um pai totalmente comum. Comentou, sem cerimônia, que não deveria ser fácil ter um jovem em casa e chegou a manifestar preocupação paterna sobre até que ponto o curso de Optometria era "bom o suficiente". Era como se estivesse ensaiando para assumir um papel que não estivera nem perto de desempenhar havia dezoito anos e que agora fazia todo mundo acreditar ser seu. Mas para Mari Ann, a moça de dezoito anos que limpava seu apartamento, ele se traiu. Por causa das mudanças que fizera no apartamento, lhe contou que estava aguardando a chegada do filho no outono. Aí ela de repente ficou interessada e perguntou, com muita naturalidade, aliás, se tinha alguma foto dele. Mas ele não tinha! A única fotografia que tinha do filho mostrava Peter num dia de verão no ano em que completou onze anos. Mari Ann ficou boquiaberta. Para sua irritação, Bjørn Hansen depois viu que ela tentou esconder o que realmente achava de um homem de cinquenta anos de idade que tem um filho com quem parece se importar tão pouco. Era óbvio que a menina achava plenamente justificada sua condenação moral, que não foi atenuada por ela tentar fingir que não era nada, depois de primeiro ter ficado boquiaberta, porque não tinha coragem de mostrar com franqueza o que achava dele, já que era ele quem lhe dava o dinheiro para gastos pessoais, e, além do mais, ele era velho e uma espécie de pilar da sociedade, sim, e chefe de sua mãe.

    Porque na verdade ele não tivera necessidade de ter fotografias de Peter, conforme o menino crescia. Se tivesse recebido fotos, teria sido bom, mas o fato de não as receber não o fez sentir falta delas. Não tinha nenhum desejo intenso de saber como era a aparência de seu filho em seu aniversário de dezoito anos, ou no dia em que se formou no ensino médio, ou no dia em que foi para o Exército. Ele tinha um filho, isso lhe bastava, e sentia pouca vontade de fazer conjeturas sobre como ele era. Não via nenhum motivo para ter uma relação familiar com o filho, pois não vivia, e tampouco jamais vivera, com a exceção de um breve período, em família com ele. Mas era seu filho. Estava orgulhoso de ter um filho, mas dadas as circunstâncias, não necessitava que esse filho tivesse um rosto que ele pudesse resgatar de uma fotografia e observar. E não admitia que uma menina de dezoito anos o olhasse como um tipo de monstro por causa disso. Durante todos esses anos, ele tinha pensado muito no filho. Não dia e noite, e nunca ficara acordado se perguntando como estava. Pressupunha que o filho viveria sua vida, sem ele, e passaria de criança a homem, sem tê-lo por perto como corretivo. Gostava da ideia de seu filho correndo pela cidade de Narvik, crescendo. Na época em que o filho ainda o visitava no verão, ele aguardava sua chegada ansiosamente, e passavam duas semanas juntos, que eram repletas de pontos altos, mas no fim daquelas duas semanas, era apenas com melancolia, e certamente não com pesar, que o levava para o aeroporto de Fornebu e o acompanhava até o avião que o transportaria de volta para sua casa em Narvik. Sim, para dizer a verdade, sentia uma espécie de alívio porque tinha chegado ao fim e tinha corrido bem, e agora poderia retomar sua vida normal. Mas eram essas duas semanas de verão todo ano desde a época em que Peter era menininho que o ligavam diretamente a ele. Estava bem ciente de que Peter agora era um homem, distante do pequeno Peter da infância, uma fase que certamente deixaria o jovem até constrangido se fosse lembrada. Não era Peter, senão as recordações, que Bjørn Hansen guardava no corpo. Como, por exemplo, o estremecimento da mão do menininho ao ver um grande cachorro sem dono logo à sua frente, algo que ele sente porque está segurando a mão de Peter. O menino que para de repente, apertando a mão do pai, para detê-lo. O pavor do menino diante de um cachorrão solto, ligado à sua consciência de que precisa aprender a dominar isso, ou pelo menos o esconder, assim como o pai, que diz que não tem perigo, vamos lá. Ele estava contente por guardar o estremecimento da mão dentro de si. Felizmente, pensou Bjørn Hansen, isso ele tinha. Mas o que adiantaria essa lembrança no encontro com o jovem desconhecido que estava indo para Kongsberg a fim de estudar Optometria e que moraria, pelo menos por enquanto, com ele? Esse jovem de vinte anos com um rosto que ele nunca viu antes. Que de repente apareceria. Ali. Para morar com o pai.

E então Bjørn Hansen está lá, uma manhã no fim de agosto. Na estação ferroviária de Kongsberg. À espera do trem. À espera de seu filho desconhecido. Tinha chegado com antecedência e estava aguardando na plataforma. De repente, avistou o dr. Schiøtz. O dr. Schiøtz também estava esperando o trem. Esperando alguns medicamentos para o hospital. Bjørn Hansen estranhou um pouco o fato de que o próprio dr. Schiøtz buscava os medicamentos do hospital, mas imaginou que o fizesse porque queria tomar um arzinho. Bjørn Hansen lhe contou que estava aguardando o filho, que ia começar a estudar na Escola Politécnica de Kongsberg para ser oculista. – Seu filho? Não sabia que você tinha um filho. Que bom – acrescentou, e Bjørn Hansen se perguntou se havia uma ponta de ironia em sua fala. No entanto, não teve tempo de refletir sobre isso, pois naquele momento o trem de Oslo apareceu no trilho lindamente curvado. Devagarinho, o trem comprido foi entrando na estação e parou. Era o Expresso do Sul, que fazia uma breve parada em Kongsberg, antes de continuar pelo interior do país, atravessar a província de Telemark e enfim chegar ao litoral no extremo sul da Noruega, em Kristiansand. Bjørn Hansen esticou o pescoço, pois agora os passageiros estavam saindo e abrindo caminho entre os que aguardavam para embarcar.

Chamou a atenção de Bjørn Hansen que a maioria

que descia do Expresso do Sul em Kongsberg nesse dia eram jovens, sobretudo do sexo masculino. Todos com bagagem. Obviamente era porque um novo ano letivo se avizinhava e os estudantes estavam chegando a Kongsberg depois de um período de férias bem merecidas, ou pela primeira vez. Mas para Bjørn Hansen isso foi um imprevisto nada agradável, pois como seria capaz de localizar seu filho agora, na multidão dessas pessoas que eram todos jovens estudantes? Ao vê-los andando pela plataforma em direção ao lugar onde ele estava, de repente sentiu um forte medo de se dirigir a um deles e descobrir que se enganara. Escolher o filho errado. Na presença do dr. Schiøtz. Isso o deitaria por terra, como diz o ditado, ou seja, como se um raio de repente se lançasse do céu azul sem nuvens e o atingisse, de propósito.
— Lá está ele — ouviu o dr. Schiøtz dizer. — É a sua cara — o médico acrescentou.
Era ele. Na fileira de jovens que naquele exato momento se aproximavam dele e do dr. Schiøtz, era o único que andava com determinação, arrastando duas malas pesadas, bem na sua direção. Claro! Peter o reconheceu, afinal não tinha mudado tanto nesses anos. Viu os passos determinados do filho e seu olhar focado nele, e foi ao seu encontro, para ficar um pouco distante do dr. Schiøtz na hora de receber o próprio filho. Assim que deu esses passos em sua direção, Peter parou, colocou as malas no chão e sorriu. Bjørn Hansen teve um sobressalto. Era uma versão jovem dele mesmo. Mas que rosto nu, pensou. Meu sangue, minha carne. Que rosto nu! É quase obsceno.
Agora, Bjørn Hansen já tinha chegado perto dele. Estavam cara a cara. Resoluto, estendeu a mão para cumprimentar Peter. Quis apertar a mão do filho. Isso porque temia que Peter tivesse colocado as malas no chão a fim de ter as mãos livres para abraçar o pai, algo que Bjørn Hansen quis evitar. O filho tinha aparecido tão de repente! Seria muita intimidade abraçá-lo. Portanto estendeu a mão. Peter

a apertou. – Bem-vindo – disse o pai. – Olá – disse o filho, sempre sorrindo. Olharam um para o outro. Além de ser uma jovem cópia dele mesmo, Peter Korpi Hansen não se distinguia de forma alguma dos outros estudantes que tinham desembarcado do trem ali em Kongsberg, por sinal, se ele não tivesse rumado com tanta determinação na direção de Bjørn Hansen e antes o tivesse passado com pressa assim como os outros, não era certo que Bjørn Hansen o teria notado como o filho que estava ali para encontrar. Ele estava usando uma camiseta e uma leve jaqueta de um tecido sintético fininho, o que lhe dava um ar um pouco relaxado e despreocupado. Algumas letras foram estampadas na camiseta, o que provavelmente era o caso de todas as camisetas hoje em dia. Na camiseta de Peter estava escrito *Voice of Europe*. Curiosamente, Bjørn Hansen sabia que esse era o nome de um novo fabricante norueguês de roupa de moda juvenil, e sabia isso porque, como tesoureiro, ele muitas vezes era o representante do Estado e do município entre os administradores de falências, e, no último ano houve, também em Kongsberg, algumas falências entre as lojas de moda, portanto conhecia a *Voice of Europe* pelo fato de a empresa ter créditos a receber da massa falida em Kongsberg, e a tarefa de Bjørn Hansen era tomar as providências para garantir as reivindicações legítimas do Estado, que quase sempre se tratava de impostos pendentes, e isso antes de os credores privados receberem sua parte, e dessa forma ele era um concorrente daquela empresa para a qual seu filho tão ingenuamente fazia propaganda em seu peito, mas Peter não fazia ideia disso, pensou ele com um sorrisinho por dentro. Observou seu filho jovem e moderno, que, de resto, trajava uma calça cinza de verão de um tecido macio e um pouco felpudo, que parecia confortável de usar, algo que até um olho tão destreinado nesse departamento como o de Bjørn Hansen poderia ver. Nos pés, calçava tênis grossos,

convencidos.
 Bjørn Hansen ficou extremamente impressionado com esse jovem. Porque era seu filho. A juvenilidade o impactou de tal modo que mal conseguiu respirar. A juventude e todas as suas glórias! Prêmios a serem arrebatados, uma vida a ser vivida, tudo isso representado com tanta autoconfiança no visual de seu filho. Obviamente, Bjørn Hansen sabia que seu filho dava a impressão de um jovem estereotipado. Todos os jovens hoje em dia estavam vestidos como ele. Jovens como Peter Korpi Hansen existiam às dúzias. Todos sinalizavam a mesma inebriante despreocupação, autoindulgência e desenvoltura. Mas ainda assim era curioso encontrar isso no próprio filho. Ele tinha um filho que pertencia à juventude, que se adaptara a sua própria geração, com toda sua jovem-idade.
 Peter imediatamente começou a lhe contar sobre sua longa viagem. Tinha viajado por mais de 48 horas, de ônibus e trem. Atravessando a maior parte da Noruega. De trem durante a noite, deitado num assento reclinável, sentindo o característico ritmo noturno do trem. Passando por paisagens cambiantes de dia. Montanhas e encostas. Lagos e pequenos vilarejos. Mas nada disso lhe interessava agora. Pelo visto, viajar não era uma grande experiência. Ele falou numa voz alta, um tanto professoral, achou o pai. Peter informou que tinha sido humilhado. Não disse humilhado, mas usou uma expressão diferente, mais jovem. Tentaram dar uma rasteira nele, parece que foi isso. Foi no último trecho da viagem, de Oslo a Kongsberg. Alguém pegou seu lugar. Seu lugar reservado. O pai se inclinou em direção às malas e disse: bem, vamos lá então. Pegou as duas malas, e Peter não protestou. De certa forma, ele achou aquilo um pouco estranho, mas imaginou que o filho pensava que era só uma questão de levar as malas até o carro, logo na frente da estação. No entanto, quando disse que não veio de carro porque ficava pertinho, o filho não fez menção de ajudar

com as malas e o deixou carregando as duas, que, por sinal, não eram tão pesadas como tinha pensado, enquanto o filho continuou a história sobre a humilhação que sofrera. Bem, ao embarcar no trem em Oslo, no vagão indicado, e ir até o lugar reservado, tinha uma mulher ali. Para ter certeza, ele verificou a passagem mais uma vez antes de avisar que aquele lugar estava ocupado. Mas a mulher disse que ele estava enganado. Ele lhe mostrou a passagem, só que ela continuou teimando. O trem partiu, e Peter estava ali, sem lugar. A mulher não arredou pé. Disse que nos lugares que são reservados há uma marca no encosto. Nesse encosto não tinha nenhuma marca, consequentemente o lugar não fora reservado, e por isso ela tinha o direito de sentar ali, já que chegou primeiro. Peter decidiu não deixar passar. Ficou em pé ao lado da mulher que estava sentada em seu lugar, aguardando o condutor. Enfim o condutor chegou, no momento em que o trem estava entrando na estação de Drammen. Ele mostrou a passagem e apontou para sua reserva. O condutor olhou e disse que sim, estava certo. Mas por que não sentava em algum outro lugar, já que tinha vários assentos vagos? Peter olhou surpreso para o condutor. Será que ouviu direito? Sim, ouviu direito. Era só pegar outro assento. Afinal, havia uma abundância de lugares vagos. Mas é esse o meu lugar. Paguei por ele. O condutor olhou irritado para ele. – Escuta, isso não é motivo para se exaltar. Pegue um lugar aí, ou fique de pé. Só falta meia hora para você chegar. Faça o que quiser. E com isso foi embora. A mulher que tinha pegado o lugar de Peter empinou o nariz. Mas Peter continuou em pé. Até Kongsberg. Sem sentar. Bem ao lado de seu lugar. O condutor passou pelo vagão estreito e comprido mais uma vez. Peter estava ali em pé. O condutor passou apressado por ele, sem dizer uma palavra. A mulher sorriu para o condutor, e Peter viu que o condutor sorriu de volta. Mas ele continuou em pé.

  Sim, tinha ficado em pé. Ereto. Com seu visual

juvenil descontraído, relaxado e autoindulgente, e com minhas feições, pensou Bjørn Hansen. A humilhação. Peter falou dessa humilhação sem parar, pelo caminho todo até o prédio onde Bjørn Hansen morava, enquanto o pai arrastou as duas malas pesadas, e enquanto o pai destrancou a porta de entrada e eles passaram pela caixa de correio, onde o pai pegou a correspondência, de passagem, e foram até o elevador, onde ele apertou o botão, enquanto o filho falava, e o elevador chegou, e entraram no elevador, que os levou, dentro de seu poço, três andares para cima, e então saíram no corredor, e até Bjørn Hansen abrir a porta do apartamento e eles entrarem no hall, onde o pai colocou as duas malas no chão.

 Bjørn Hansen mostrou o apartamento a Peter. Primeiro, a sala grande com a sacada para a face oeste, para a qual o pai abriu a porta. Em seguida, a cozinha, antes de mal abrir a porta para seu quarto. Deixou o filho conferir o banheiro e, por último, abriu a porta de par em par para o cômodo que tinha preparado para Peter. O tempo todo o filho fez gestos de aprovação diante do que estava vendo, e isso também se aplicava ao último quarto, com seu sofá-cama, sua estante de livros, mesa com cadeira, cômoda e guarda-roupa, bem como uma poltrona. Ele disse que gostaria muito de morar ali. Durante todo o semestre. Sim, seria bom não ter que rodar a cidade inteira à procura de um quarto alugado. Ótimo ter isso. Mas.

– Quanto você vai cobrar?
– Cobrar?
– Sim, por mês.
O pai: Nada.
O filho: Então está fechado. Está ótimo para mim. Vivemos num mundo difícil.

 A última observação ele fez em seu costumeiro tom alto, à toa, e do jeito professoral que Bjørn Hansen tinha percebido ser a maneira de se expressar de seu filho. Mas na última frase algo diferente foi acrescentado, um ar de mistério. Não se tratava de pregação para ensinar alguma coisa, era uma mensagem para o pai sobre algo de que Peter estava por dentro, e de que Bjørn Hansen não fazia ideia. Quando disse "Vivemos num mundo difícil", Bjørn Hansen de forma alguma deveria achar que daria na mesma se tivesse dito "Vivemos num mundo difícil, sabe?", não, esses dois enunciados eram como a água e o vinho, e a maneira como o filho comunicava seu código também continha um orgulho peculiar, de uma forma retraída.

Peter disse que queria arrumar suas coisas já e foi até o hall de entrada buscar as malas. Colocou primeiro uma mala e depois a outra no sofá-cama e as abriu. Apesar de o filho ter duas grandes malas, Bjørn Hansen notou, com surpresa crescente, conforme o filho tirava as coisas e as colocava metodicamente no lugar, que não trouxera quase nada. Quer dizer, quase nenhum item pessoal. Em uma das malas, tinha praticamente só roupa de cama, e um gigantesco e excelente edredom de pluma se destacava por ocupar a maior parte do espaço. Na outra mala, havia praticamente só roupa. O filho separava as peças de acordo com o uso e as acomodava devidamente no guarda-roupa e nas gavetas da cômoda. Cuecas, meias finas, meias grossas, lenços, gravatas, luvas com e sem dedos, cada coisa em sua gaveta da cômoda. Camisas, coloridas e brancas, em gavetas separadas do lado esquerdo do guarda-roupa, camisetas na terceira gaveta e blusas na quarta gaveta do lado esquerdo do guarda-roupa, e calças e roupa esportiva em cabides do lado direito do guarda-roupa. Pediu permissão para pendurar seus casacos no vestiário do hall de entrada, o que fez imediatamente, ao mesmo tempo acomodando seus calçados ali, com a exceção de dois pares de tênis que ele tinha além do par que estava usando, e que colocou do lado direito do guarda-roupa, no chão lá embaixo. Também trouxe um estojo de toalete excessivamente grande e pediu permissão para deixá-lo no banheiro, onde mal coube na prateleira, por ser estreita demais para os novos tempos. De itens pessoais só havia três, pelo que o pai pôde perceber, os quais o filho tratou com grande carinho, mas todos três deixaram Bjørn Hansen extremamente espantado. Primeiro, ele tirou um suvenir de sua cidade de origem, Narvik. Era uma coisa barata com uma base de prata falsa, e em cima dela havia uma haste fininha de prata igualmente falsa, e na haste pendia a bandeira da cidade de Narvik. Peter gastou muito tempo antes de encontrar o lugar apropriado para esse objeto, depois de muitas contemplações decidiu deixá-lo entronizado na estante de livros. Em seguida, tirou um caneco de cerveja da mala, de entre as roupas (o filho tinha tirado esses dois objetos antes de tirar e acomodar suas roupas, mas depois de desfazer a mala com o edredom e a roupa de cama restante). Esse caneco de cerveja tinha um formato especial, já que era uma cópia exata, de vidro, de uma bota. Dois litros, informou o filho, e o pai entendeu que o fato de ele ter transportado, de ônibus e trem através da maior parte da Noruega, esse caneco de cerveja que ostentava uma inscrição anunciando que pertencia a um restaurante na cidadezinha onde o filho tinha feito o serviço militar significava que havia uma história pessoal ligada a esse copo. No entanto, o filho não revelou o que era, mas Bjørn Hansen achou que deveria ser uma de duas coisas. Ou Peter tinha roubado o copo, com grande aclamação de seus colegas militares, depois de uma noite animada no bar local. Ou Peter os impressionou a todos, bebendo esse copo de dois litros cheio de cerveja de uma vez, sem parar, ou ele o fez em menos tempo do que os outros, e assim ganhou a bota de cerveja como um troféu, quer fosse um presente ou um confisco feito por sua companhia militar. Bjørn Hansen não quis fazer perguntas diretas a ele, mas tentou arrancar o segredo com jeito, mostrando um interesse de proporções hipócritas pelo copo, algo que deixou o filho lisonjeado, isso ele viu, mas cujo único resultado era que Peter ficou ainda mais decidido a preservar o mistério relacionado ao fato de que essa bota de cerveja de dois litros se encontrava na posse de Peter Korpi Hansen. Portanto, tinha um ar de imensa presunção ao tentar encontrar o lugar mais apropriado para o caneco de cerveja, que, depois de ainda mais contemplações, acabou ao lado da bandeira da cidade de Narvik na prateleira de cima.

 Finalmente, depois de ter esvaziado as duas malas, Peter pegou o terceiro e último objeto pessoal que adornaria seu quarto em sua nova vida como estudante da Escola Politécnica de Kongsberg. Ele tirou um rolo e desenrolou um pôster. Pendurou o pôster na parede, logo em cima do sofá-cama. Depois de pendurá-lo, usando tachinhas que Bjørn Hansen se apressara em buscar na gaveta da cozinha, ele deu alguns passos para trás e admirou o pôster. Sim, realmente o admirou. Bjørn Hansen também foi obrigado a vir para contemplar a obra.

 Era um pôster enorme de um carro esportivo vermelho. De design italiano. Ferrari. Ao lado do carro, encostado à porta, e com a mão autoconfiante acariciando a carroçeria, um homem de óculos escuros. O símbolo do proprietário. Trajando roupas esportivas. O carro foi fotografado em sua versão totalmente aberta, ou seja, com a capota dobrada para trás. O fundo, que era algo difuso, quase desértico, arenoso, ressaltava a cor do carro esportivo, que era muito requintada. A foto não passava de um cartaz de propaganda que ostentava a atração e as dimensões do carro esportivo vermelho. O homem ao lado dele tinha uma expressão totalmente desprovida de ironia, uma raridade na publicidade moderna, da mesma forma que a imagem como um todo também era totalmente desprovida de ironia. Ela realçava a opulência do carro e, consequentemente, o poder do homem, que poderia se encostar nele. Nada mais. A ausência de ironia salientava que agora você se encontrava numa atmosfera onde não havia a menor necessidade de fingir, ou de pedir desculpas com uma careta charmosa. A beleza óbvia da riqueza. Era atraente, e banal. Só deixava uma única pergunta: Por que será que seu filho trouxe esse pôster e agora acabou de pendurá-lo em sua parede? No entanto, o pai não lhe fez nenhuma pergunta a respeito disso. E Peter não ofereceu nenhuma explicação, provavelmente porque achava que o pôster falava por si só. Em vez disso, conferiu o relógio. Tinha intenção de visitar a Politécnica, para inspecionar as condições, como disse. Iria dar uma olhada por aí e pelo menos passar na secretaria do curso de Optometria para anunciar sua chegada, confirmando a aceitação da vaga pela qual tinha concorrido, e que lhe fora oferecida. O pai perguntou se jantariam juntos hoje, talvez, ali no apartamento, já que era seu primeiro dia, mas Peter não podia. Disse que estava atarefado demais, por isso não sabia quando iria voltar. O filho saiu, e logo depois Bjørn Hansen também foi embora. Para o escritório. Mais tarde, no horário de costume, voltou para casa outra vez. Fez o jantar, comeu, colocou os pratos sujos na máquina de lavar louça e então se sentou com um livro. Naturalmente, encontrava-se num estado estranho, inquieto, distraído, e sem pontos de referência sobre como deveria lidar com essa novidade que sem dúvida se fizera sentir em sua vida.

    O filho chegou em casa muito mais cedo do que Bjørn Hansen tinha esperado. Não eram nem 19h30 quando entrou. Naquele momento, o pai estava lendo um livro, *O conceito de angústia*, de Søren Kierkegaard, e mais uma vez não pôde deixar de ficar maravilhado com esse gênio dinamarquês da primeira metade do século XIX, que, ao abordar os mitos bíblicos com a maior seriedade, sim, como se Adão e Eva realmente tivessem vivido, e isso Søren Kierkegaard acreditava, Bjørn Hansen não tinha a menor razão para duvidar disso, esse filósofo dinamarquês conseguia dar vida a antiquíssimos conceitos dogmáticos fundamentais, que no fundo, para Bjørn Hansen, estavam completamente mortos fazia tempo. Sentiu uma presença e uma intensidade emanando das páginas do livro e instigando a mente de um ímpio cobrador de impostos de uma cidade provinciana da Noruega no final do século XX. Ou seja, 150 anos de escuridão e impenetrabilidade históricas foram perfurados por uma luz, que atingiu esse cobrador de impostos de Kongsberg, isso era extraordinário. Embora talvez não fosse de estranhar tanto assim, pois do ponto de vista histórico Bjørn Hansen ocupava um cargo que fora rebaixado, sua profissão tinha sofrido uma transformação, uma depreciação de alto funcionário do Estado a servidor público, que significava que ele agora seria capaz de pensar em Søren Kierkegaard, o outsider e escarnecedor do funcionalismo, como um parceiro secreto, mesmo que no dia a dia obviamente não tivesse a sensação do rebaixamento pelo qual seu ganha-pão tinha passado no decorrer do processo histórico, mas isso deveria torná-lo mais receptivo para com a musicalidade da perscrutação de Søren Kierkegaard dentro dos conceitos dogmáticos e, para este, mais que verídicos. A edição que ele tinha era de 1962, logo, lera o livro pela primeira vez como jovem universitário, e estava cheio de grifos, os quais ora o faziam sorrir, ora o surpreendiam, nossa, realmente tinha achado que isso era tão importante que precisava grifar o texto aos 21 anos, ou seja, a mesma idade que Peter tinha agora, quando andava carregando o mesmo rosto nu, e isso apesar de ter lido o livro nas horas livres, *con amore*, não como parte de seu curso, que afinal era economia, uma área onde você se ocupava com conceitos e metodologias totalmente diferentes. Enfim, houve um clique na porta, e Peter chegou em casa, era logo antes do noticiário das 19h30. Bjørn Hansen se levantou e ligou a TV. O filho entrou na sala, e assistiram ao jornal juntos. Era como se constituíssem uma espécie de família, pois estavam sentados assim, reunidos em torno do aparelho de

TV e o noticiário do dia, tais quais milhares e mais milhares de famílias por toda a Noruega. Bjørn Hansen e seu filho adulto, que ele mal conhecia, mas que agora estava ali, em sua roupagem moderna, prestes a embarcar na viagem da vida, dar o primeiro passo naquele caminho que o prenderia a uma profissão, com e de que viveria durante a vida toda, ou seja, este seu filho que tinha dado o primeiro passo no caminho que faria dele um homem, provavelmente um pai de família quando chegasse a hora, que, durante oito horas por dia, estaria debruçado sobre instrumentos que corrigiriam um olho debilitado para que pudesse funcionar como um olho normal, um homem, provavelmente pai de família, de jaleco branco, debruçado sobre instrumentos ópticos e vidros lapidados, adaptados precisamente à ideia do olho ideal. Curioso sentar assim num idílio de família com um jovem estranho que ele mal conhecia, mas que sabia ser seu próprio filho.

Peter, no entanto, parecia pouco afetado pelo ato solene de participar, pela primeira vez, desse ritual diário de família com seu pai. Ele tinha voltado para o apartamento com uma sacola cheia de livros, papéis e cadernos e fichários e imediatamente entrou em seu quarto. Em seguida, voltou, sentou-se no sofá e deu uma rápida olhada no telejornal, retornou a seu quarto, saiu outra vez, sentou no sofá e assistiu ao resto do noticiário. Parecia animado, mas também ligeiramente desassossegado.

Ao final do noticiário, o pai perguntou se poderia desligar a TV. Peter fez que sim, estava tudo bem para ele. Ficaram em silêncio por um tempo até que o filho de repente disse: – Algot não chegou. – Bjørn Hansen perguntou quem era Algot, e a resposta que recebeu foi que Algot era o amigo de Peter e ao mesmo tempo seu bom gênio. A última coisa, ele disse num tom de voz natural, que deixou o pai perplexo, pois nunca ouviu alguém caracterizar um amigo como seu bom gênio. Apesar de ter tomado a decisão de não parecer intrometido em relação ao filho, bombardeando-o com perguntas sem parar, agora não conseguiu resistir à tentação de justamente bombardeá-lo com perguntas para descobrir o máximo possível sobre Algot e seu relacionamento com Peter. Peter conhecera Algot no Exército. Estiveram no mesmo pelotão e moraram no mesmo quarto durante toda a duração do serviço militar, tornando-se amigos íntimos. E foi Algot que fez Peter se candidatar para uma vaga no programa de Optometria da Escola Politécnica de Kongsberg. Antes disso, a ideia nem tinha passado pela cabeça de Peter, aliás, ele mal sabia o que era Optometria. Não sabia que profissão escolher, mas tinha pensado em diversas áreas. Computação foi uma das coisas que cogitara, Comunicação também, só para mencionar alguns. Por sinal, tinha iniciado um curso de Computação por correspondência, havia muitas ofertas boas de cursos por correspondência no Exército, e ele se inscrevera no de Computação, assim como muitos outros. Mas Algot tinha dito: Computação, vai ter um excesso de gente indo para a área de computação, acho que daqui a alguns anos vai ter filas de consultores de TI, engenheiros de computação e programadores frustrados, todos com trinta e poucos anos, na frente dos balcões dos assistentes de reciclagem profissional das Centrais de Empregos. Não, esqueça isso. O próprio Algot ia estudar Optometria. Essa parte não era nenhuma surpresa, pois Algot se chamava Algot Blom, e Algot Blom era o nome de uma empresa de ótica em Oslo, que tinha várias lojas na capital, e que também planejava se estabelecer em outras cidades norueguesas. Era óbvio que Algot Blom estudaria Optometria, afinal, era o herdeiro de todo um império de óticas. No entanto, convenceu Peter a querer estudar a mesma coisa. A maneira como falava da profissão despertou o interesse de Peter. Pois tinha futuro. Não era apenas uma profissão para quem tinha um pai que gerenciava uma ótica em sua cidade natal, longe disso, nos próximos anos, haveria uma grande demanda por gente que tinha isso como vocação na área da engenharia. Foi essa expressão que Algot usou. A Optometria como uma especialidade dentro da engenharia. Enfim, Algot convenceu Peter a fazer alguns cursos por correspondência que poderiam ser vistos como uma introdução ao estudo da óptica. Sobre a óptica em geral. Foi no início do serviço militar, e Algot fez o mesmo curso, de modo que estudaram juntos, só os dois, e como Algot já sabia muito sobre a matéria, correu às mil maravilhas. E na primavera, quando Algot se candidatou para uma vaga no curso de Optometria da Escola Politécnica de Kongsberg a partir do outono, Peter fez a mesma coisa. Agora lhe parecia perfeitamente natural concorrer a uma vaga num programa de estudo que poucos meses antes nunca lhe passara pela cabeça, fazendo disso sua carreira, para a vida inteira. Poderia se falar no papel do acaso, mas foi uma escolha sábia. Isso logo ficaria evidente, pois aquele que se forma numa área pequena com grande potencial de futuro, mas que não está bem "na moda", faz melhor do que aquele que se lança nos cursos mais badalados, pois os primeiros a verem o potencial de um curso e que têm coragem de apostar nele sempre vão colher os frutos quando chega a hora de ele estar "na moda", e Peter não tinha a menor dúvida de que a Optometria ficaria "na moda". Sem que o dissesse diretamente, o pai entendeu que também levara sua amizade com Algot Blom em consideração ao escolher o curso. Não apenas escolhera um curso antes do momento em que este se tornaria imensamente popular, mas, como oculista formado, e com uma torrente de oculistas em sua esteira, ele se beneficiaria de sua amizade com Algot. Pois o número de lojas Algot Blom era maior do que o próprio Algot seria capaz de administrar. Por isso não lhe era estranha a ideia de que ele, dali a alguns anos, estaria administrando uma ótica de grande porte em Oslo, ou seria enviado para assumir uma ótica, por exemplo, em Kristiansand ou em

Stavanger, em nome de Algot Blom. O fato de que isso significava que teria Algot como chefe não lhe preocupava nem um pouco, pois era seu amigo. Eles foram inseparáveis durante todo o serviço militar. Tanto dentro do quartel como nas farras, de folga. O que os dois passaram juntos nas noites de farra daria um livro inteiro, riu o filho. Em especial, todas as histórias sobre como tinham entrado às escondidas no quartel sem serem vistos, depois do toque de recolher, teriam feito as pessoas racharem o bico, se fossem registradas por um escritor de verdade. Foi quase com tristeza que receberam baixa. Mas afinal iam estudar juntos no outono. Ele teve notícia de Algot durante o verão. Aí combinaram que se encontrariam em Kongsberg hoje. Não tinham combinado um lugar ou um horário específico, afinal a cidade não era grande, então não teriam como evitar de se toparem, como Algot tinha dito. Mas ele não o encontrara. Não na Politécnica. Nem na rua. Nem em qualquer um dos muitos bares e restaurantes pelos quais tinha passado. Sua impressão era que a cidade estava cheia de estudantes, com certeza mil, que tinham inundado as ruas e os bares da cidade hoje. Mas nada de Algot. Ele o procurara o dia inteiro. Sim, até na Estação Central de Oslo hoje de manhã, na eventualidade de que Algot também fosse pegar o trem, algo que não achava provável, Algot deveria ter seu próprio carro. Era um pouco estranho. Afinal, a faculdade ia começar no dia seguinte. – Ele deve chegar na última hora, então – disse o pai. – Muitas pessoas são assim. – Mas a gente tinha combinado – disse Peter, um pouco ressentido. – Talvez ele tenha mudado de ideia – disse o pai. – Talvez tenha pensado que um ano de estágio em uma das lojas da família lhe faria bem. Você chegou a pensar nessa possibilidade? – Mas ele está na lista – teimou Peter. – Perguntei se estava, e eles procuraram seu nome e disseram que sim, ele está ali. O que quer dizer que vem.

Bjørn Hansen tinha um filho em casa. O filho tinha

chegado e se hospedado em sua casa. Tinha guardado seus pertences. Dado uma volta para ver a faculdade que seria seu ingresso para as obrigações inevitáveis da vida adulta, e que constitui o próprio fundamento daquilo que será construído em torno disso, e que chamamos de vida. No limiar da vida. O primeiro dia. E aí seu bom gênio, Algot, não veio. Apesar de eles terem um combinado. Quando um jovem de vinte anos diz a seu pai que vivemos num mundo difícil, o que significa? Ao mesmo tempo em que enaltece um pôster de propaganda de um carro esportivo vermelho como se fosse arte? Era noite em Kongsberg. Noite na sala do tesoureiro. Noite de agosto. Amena e escura. A porta para a sacada estava entreaberta, permitindo que a brisa fresca passasse para a sala, de leve. Então, Peter escolheu estudar Optometria porque tem um amigo que vai fazer esse curso, pensou o pai. Senão nunca o teria feito. Bem, a vida é cheia de acasos, e nossas escolhas, sobretudo quando se trata dos estudos, podem depender das coisas mais curiosas. Mas foi o amigo quem fez a escolha para ele. Isso é fato. Não precisa significar tão grande coisa, mas estou preocupado com ele, pensou Bjørn Hansen. Em especial porque, mas aí ele parou o raciocínio, pois chegou a pensar na voz alta demais do filho, que o tempo todo o havia irritado e atormentado, e achou tal fato profundamente injusto e ao mesmo tempo assustador.

    O filho tinha saído para a sacada. Estava tomando um ar lá fora. Bjørn Hansen saiu atrás dele, se posicionando ao lado de Peter. Noite aveludada de agosto, escura. Céu escuro. Ar escuro. Escuro por causa das colinas íngremes que cercavam Kongsberg. Em meio às colinas, a cidade estava iluminada com luzes escassas e fracas. Lá embaixo. Lá fora. As luzes fracas das vitrines das lojas, e dos postes de luz. Abaixo deles, um pouco para a esquerda, saía uma luz fraca do posto de gasolina, com sua enorme superfície inanimada de asfalto, e de uma janela solitária do quinto andar do Hotel

Gyldenløve. A estação de trem, sem trens, tinha uma luz fraca sobre a plataforma, a luz fraca de um poste pairava também sobre um táxi solitário que estava estacionado no ponto do lado de fora da estação. Quase não se ouvia som algum da cidade em si, logo na frente e embaixo deles. Mas ainda assim havia um zumbido constante. Ele vinha de longe, da periferia do alcance de vista da varanda, e dos dois lados. Eram os carros da rodovia para Oslo, no campo de visão à esquerda. E eram os carros a caminho de Geilo e Bergen no campo de visão à direita. Essas duas rodovias faziam um anel em torno de Kongsberg, juntamente com uma terceira rodovia, a estrada para Notodden via Haukelifjell até a Região Oeste, mas esta não se encontrava dentro do campo de visão ou audição daqueles dois que estavam na sacada. No entanto, as duas rodovias que se encontravam dentro desse campo, ainda que apenas por um pequeno trecho, tinham iluminação forte, muito mais forte do que as luzes da cidade, cuja fraqueza, cuja escassez, era ressaltada pelos fortes holofotes que reluziam sobre a pista, pela qual os carros andavam com suas luzinhas amarelas móveis e seu zumbido constante. Da cidade logo em frente e embaixo deles, e em cujo centro eles na realidade se encontravam, mal vinha barulho algum. De vez em quando, a batida de uma porta de carro, seguida de um motor que era ligado e acelerado. Uma risada repentina, que era interrompida. Um carro que passa devagar pela rua, a dois quarteirões deles, e um feixe de luz que eles podem enxergar de seu campo de visão da sacada logo antes de ele alcançar a esquina. Depois, passos no asfalto, bem embaixo deles. E o rio Lågen, o pequeno pedaço dele que ficava a sua direita, um pouco antes da rodovia fortemente iluminada para Geilo e Bergen, estava em silêncio total, apenas um buraco negro dentro da vista da sacada. – Olha – disse Peter apontando. Ele apontou para um letreiro luminoso do outro lado da estação ferroviária, era um letreiro que informava que ali ficava o supermercado CITY. Não era o fato de haver um supermercado ali que interessava a Peter, mas o letreiro. O letreiro de néon vermelho. CITY. – Estamos no City – disse fascinado, mas sempre com o resquício do tom professoral na voz. No meio do CITY. – Olha – disse em seguida, apontando. Dessa vez para outro letreiro luminoso, este também de néon vermelho. Estava pendurado no topo de um mastro comprido, quase na mesma altura da sacada onde estavam. TOYOTA, brilhava o letreiro. – Fantástico – disse Peter. – Isso é forte. Sinto que vou gostar daqui, meu sangue está ardendo – declarou. – E amanhã vem Algot.

Abruptamente, ele desgrudou da vista de Kongsberg *by night* e voltou para dentro da sala. O pai pensou que o filho tinha ficado inspirado a se lançar no mundo das baladas, que também em Kongsberg vivia sua vida nos porões, onde a música frenética e as luzes hiperativamente piscantes criavam um deslumbre juvenil, mas por se passar lá embaixo nos porões, atrás de portas rigorosamente vigiadas, entre outros, nas profundezas do subsolo do Grand Hotel, não tinha feito qualquer ruído que chegasse até os dois que estiveram na sacada do terceiro andar desse prédio residencial moderno no centro de Kongsberg, mas esse mundo existia, e Bjørn Hansen achou que havia atraído Peter. Mas não. O filho quis ir dormir. Ia se levantar cedo no dia seguinte. Queria ter uma boa noite de sono. A cidade e seus altos ritmos teriam de esperar. Até Algot e ele fazerem sua entrada nela juntos. O filho foi ao banheiro, para fazer sua toalete noturna. O pai pensou exatamente isso. "Fazer sua toalete noturna", pois tinha notado o estojo de toalete colossal que Peter trouxera. Que raio ele tinha ali? E decidiu que não importando sua curiosidade sobre as atividades do filho, ele nunca, nunca, jamais, daria uma olhada nele, pois cismava que escondia segredos nos quais preferia não ser iniciado. No entanto, o filho não o mantinha em segredo de forma alguma. Poderia ter guardado o estojo no quarto, mas o deixara na prateleira de vidro do banheiro. Ainda estava ali quando finalmente saiu do banheiro. Trajando um robe. De robe, foi andando calmamente até seu quarto e fechou a porta, depois de primeiro ter dito um breve boa-noite. Um cavalheiro, pensou Bjørn Hansen, meu filho é um jovem e moderno cavalheiro. Bem. Afinal de contas, agora ele está aqui. Como uma visita na minha existência, pensou. Mas Algot não veio. Bjørn Hansen viu seu jovem filho sair para o primeiro dia de aula, agitado, um pouco tenso, com livros recém-adquiridos numa bolsa, canetas, folhas de anotações, fichários. No limiar da vida, pronto para absorver conhecimentos. Numa nova camiseta onde estava escrito BIK BOK. Mas ao voltar para casa à noite ele estava tristonho, mesmo que tentasse escondê-lo. Isso Bjørn Hansen podia ver. O filho abriu a porta e estava indo às pressas para seu quarto quando parou, por educação, para trocar algumas palavras com o pai, já que o pai sabia que tinha sido seu primeiro dia de faculdade. – Somos quarenta – informou. – No primeiro ano do curso. Rigorosamente selecionados – acrescentou. – De todos os países nórdicos, até uma pessoa da Islândia. Um dos professores é catedrático na Inglaterra. Não mora aqui, mas vem de avião uma vez por semana para nos dar aula. O Instituto Norueguês de Tecnologia em Trondheim manda um especialista do Laboratório de Engenharia de Iluminação a hora que a gente precisa. Realmente, isso daqui é organizado com profissionalismo. – Ele falava para o ar, por cima da cabeça do pai, e com o rosto parcialmente desviado. Então disse que precisava estudar e correu para o quarto, onde passou várias horas. Tarde da noite saiu vestindo o robe e foi para o banheiro. Permaneceu lá dentro por muito tempo. Saiu arrastando os pés e entrou no quarto. – Algot não veio – disse enquanto abria a porta. – Mas deve aparecer amanhã – acrescentou.

     Só que ele não veio. Peter voltou para casa cedo, na hora que o pai estava jantando, e o pai perguntou se queria dividir a comida com ele, mas Peter sacudiu a cabeça. Não estava com fome. Em contrapartida, estava indignado. – Algot não vem – disse. – E na faculdade estão pouco se lixando. Só deixam seu lugar desocupado. Porque não receberam nenhuma notificação. – Mas então ele deve vir, só se atrasou por alguns dias – disse Bjørn Hansen. – Não – respondeu Peter –, porque Algot está em Londres, eu descobri isso.

A última frase foi dita com uma expressão arrogante, que, na opinião de Bjørn Hansen, não ficava bem em seu filho. Pois Peter tinha resolvido as coisas. O que a faculdade não conseguira, o jovem Korpi Hansen se encarregara de esclarecer. Ao entrar na sala para a primeira aula, Peter havia se posicionado em pé e olhado para a turma, esperando avistar Algot, que, por sua vez, teria piscado para ele, ou de outra forma teria dado a entender o seguinte: Cheguei agora, para o segundo dia de aula, nada mal, né? Mas Algot não estava ali. Olhou para os que estavam na sala, enquanto contou mentalmente todos, inclusive ele mesmo. Trinta e nove. Deveriam ser quarenta. Então se sentou e assistiu à primeira aula, era de Fisiologia, mas ele estava com dificuldade de se concentrar. Assim que chegou a hora do intervalo, correu para a secretaria. Eles o reconheceram do dia anterior. Mais uma vez, perguntou se realmente não tiveram nenhuma notícia de Algot Blom? Um pouco frustrados responderam que não. – Mas ele não chegou! – exclamou Peter. – Tudo bem, tudo bem, mas não recebemos nenhuma informação. – Tem certeza absoluta? – perguntou Peter. – Você não pode conferir mais uma vez? – pediu. No entanto, a secretária se recusou. Peter então ficou indignado, mas felizmente se conteve. Só deu meia-volta e saiu em disparada. Não para a próxima aula, que por acaso já tinha começado, mas para a Agência Telefônica. Lá, abriu a lista telefônica de Oslo na letra B, procurando nas páginas (com dedos furiosos, enervados, pensou o pai) até encontrar o endereço residencial de Algot Blom, que Peter supôs ser a casa de seus pais.

Entrou numa cabine telefônica e discou o número. Ninguém atendeu. Em seguida, pegou o número da loja matriz da empresa Algot Blom. Entrou na cabine outra vez e discou aquele número. Pediu para falar com o gerente da loja. No entanto, este estava ocupado naquele momento, e a voz ao telefone, a de um homem, perguntou de que se tratava. – Trata-se de Algot Blom Jr. – disse Peter. – Sou amigo próximo dele. Você sabe como posso entrar em contato com ele, quero dizer, vocês sabem onde se encontra nesse exato momento? – O Júnior, o Júnior foi para Londres anteontem – disse a voz. – E quando ele volta? – A voz respondeu: – Para o Natal. Pelo que eu saiba. Quando tiverem férias de Natal. – Peter disse que entendeu. No final das contas, optou por estudar Optometria em Londres. – Exatamente – disse a voz. – Apenas o melhor é bom o bastante, sabe? – Peter desligou.

    Depois ele se arrependeu de ter desligado tão depressa. Poderia ter pedido o endereço e o telefone de Algot. Mas ficou tão desconcertado. Já que se apresentara como um amigo de Algot, o que ele era mesmo, não seria possível dar a impressão de que não fazia ideia de que este tinha ido para Londres estudar Optometria. Não tinha dito nada para Peter. A gente se vê em Kongsberg no outono, foi o que havia falado. Entretanto, ele tinha ido para o curso mais renomado de Optometria na City University de Londres. Peter imediatamente voltou para a secretaria. Não disse que Algot estava em Londres, mas só reiterou a solicitação de que considerassem verificar se Algot Blom Jr. tinha deixado algum recado que poderia explicar o fato de ele não ter comparecido agora que as aulas do curso de Optometria já começaram fazia tempo. Mas a recepcionista não quis. Nem ela nem seu superior, um homem que apareceu enquanto Peter estava repetindo sua pergunta. Sim, ele insistiu em que verificassem. Afinal, poderiam ter deixado algo passar despercebido. Talvez ele tivesse escrito uma carta informando que não aceitaria a vaga. E aí havia uma vaga sobrando. Será que não entendiam isso? Que, se Algot Blom já tinha avisado que abria mão de sua vaga, outra pessoa poderia pegar seu lugar agora, e será que não percebiam quanto isso significaria para aquele que nesse momento estava sem vaga, se recebesse uma mensagem dizendo que, se quiser, pode vir imediatamente, pois há uma vaga no curso de Optometria em Kongsberg? Assim Peter tinha insistido. Mas não adiantou. Não queriam se dar ao trabalho de verificar mais uma vez. Enfim Peter teve de desistir. Afinal, ele era calouro e não quis chamar atenção como encrenqueiro dessa forma. Mas que o desleixo deveria ter limite, deveria.

Peter contou essa história de maneira extremamente detalhada e implicante, sem omitir qualquer movimento que tinha empreendido em seu trabalho de apuração. Estava indignado. Com a administração da faculdade. Não com Algot, que simplesmente tinha sumido. Desaparecido, deixando uma vaga, que a administração da faculdade não estava nem aí para preencher. Bjørn Hansen se sentiu incomodado. Não gostou da história que Peter estava contando, não gostou da maneira como estava sendo contada, e não gostou do que ela contou sobre o próprio filho e sobre suas perspectivas futuras. Em particular, a última parte o preocupou. Como seu filho se daria agora? A própria razão por que de fato se encontrava em Kongsberg para estudar Optometria tinha desaparecido. A essa altura, ele estava em Kongsberg sob premissas falsas.

Mas o filho iniciou os estudos como se nada de importante tivesse acontecido. A partir de então, não mencionou Algot mais. Algot era um lugar vazio em sua consciência, e o filho olhava para o futuro. Poucos dias se passaram para que Bjørn Hansen visse o filho como um jovem que se agarra à vida. "Ele se agarra à vida." Não tinha gostado de seu filho na narrativa do próprio filho. Embora tentasse olhar para o filho com toda a simpatia possível, não conseguia.

Constantemente, frases estranhas surgiam em sua cabeça e ficavam grudadas. Como, por exemplo: "Peter come minha comida, que faça bom proveito." Por que pensava assim? Sobre o próprio filho? "Peter come minha comida, que faça bom proveito"? O ponto de partida para esta ideia era o seguinte: Bjørn Hansen e seu filho Peter moravam juntos num apartamento de quatro cômodos no centro de Kongsberg. Isso porque Peter estudava na Escola Politécnica de Kongsberg e morava com seu pai em vez de se instalar num quarto alugado. Bjørn Hansen continuou vivendo sua vida regrada, exatamente como antes. Peter vivia a vida dele. Eles se viam apenas de manhã, bem pouco, e à noite, quando Peter chegava em casa. Enquanto estava em casa, Peter geralmente ficava no quarto. Se ia para a sala, era para assistir à TV, e toda vez pedia permissão para ligá-la. No entanto, o café da manhã eles tomavam juntos, ou, pelo menos, no mesmo horário. Se levantava primeiro, Peter, depois de ter passado pelo banheiro, ia para a cozinha e preparava seu café da manhã na tábua de cortar pão e começava a fazer o café, que estava pronto na hora que o pai chegava para comer. Aí, eles às vezes comiam sentados à mesma mesa, mas era igualmente comum que o filho levasse suas fatias grossas de pão, além de uma xícara de café, para seu quarto a fim de se preparar para as aulas do dia com calma, como dizia. Se o pai era o primeiro a se levantar, ele fazia café, e estava sentado à mesa comendo na hora que o filho chegava e preparava seu próprio café da manhã, antes de se sentar à mesa ou se enfiar em seu quarto outra vez. Mas eles dividiam a comida, pois Bjørn Hansen tinha dito que era pouco prático cada um comprar seu pão, seu leite etc. etc., e talvez até administrar dois bules de café, já que moravam no mesmo apartamento e faziam uso da mesma geladeira e do mesmo fogão, de qualquer jeito, algo a que Peter não tinha objeções. Jantavam separadamente, já que para Peter seria inconveniente chegar num horário fixo para o jantar. Além do mais, queria passar o máximo de tempo possível com seus colegas de faculdade, sobretudo comer com eles, já que é nessas horas que as pessoas acabam se conhecendo. Por isso comia muito fora, no bandejão da faculdade. Mas às vezes chegava em casa de noite sem ter tido tempo de comer, como dizia, e então pegava um pedaço de pão na cozinha, algo que acontecia com frequência cada vez maior. Por essa razão Bjørn Hansen começou a fazer porções duplas de seu próprio jantar, de modo que o filho comia os restos do jantar do pai ao chegar em casa. Depois de um tempo, Peter sempre fazia isso e aí só pegava um pãozinho ou um folhado doce, ou simplesmente um café, quando ia ao refeitório com os outros estudantes para jantar. Aos domingos, porém, Peter tinha de se virar sozinho. Pois então Bjørn Hansen comia ou na casa de Berit e Herman Busk ou no Grand Hotel, e, nessas ocasiões, Peter geralmente fritava uma costeleta, algo que o pai percebia pelo cheiro logo que chegava em casa.

 Enfim, era assim que funcionava no que dizia respeito à comida. Nada de curioso ou extraordinário nisso, no caso de um pai que tem um filho que está cursando a faculdade e está morando com ele. Era normal que as coisas funcionassem dessa forma, normal que Bjørn Hansen comprasse os frios, o leite etc., e que ele, ao preparar o jantar, fizesse porções duplas, caso o filho não tivesse jantado quando chegava em casa depois de um longo dia de aulas e estudo. Tão normal quanto o fato de que o pai tomava o café da manhã na cozinha enquanto o filho muitas vezes comia no quarto, a fim de se preparar com calma para a programação do dia, e o fato de que o pai jantava depois de terminar seu dia de trabalho e o filho depois de terminar o dia dele. Na verdade, tudo isso indicava uma relação boa e natural entre pai e filho. O contrário seria anormal. Se o filho se sentasse à mesa com o pai embora na realidade precisasse repassar algumas anotações das aulas do dia anterior que seriam úteis naquele dia, ou se o filho voltasse todo dia às dezessete horas para a janta. Aí se poderia começar a duvidar do filho. Ou do pai, se tivesse sugerido que rachassem as despesas da casa, incluindo o jantar requentado. Mesmo assim, não demorou muito para que o pai pensasse: "Peter come minha comida, que faça bom proveito." Será que era porque no fundo ficava ofendido pelo fato de Peter não sugerir que dividissem as despesas da casa? Não, aí é que Bjørn Hansen teria ficado ofendido. Será que era porque Peter achava tudo isso a coisa mais natural do mundo, quarto de graça, comida de graça e uso livre de todo o espaço comum do apartamento? Não, pois Peter não achava isso a coisa mais natural do mundo. Pelo contrário, havia algo na maneira como se comportava em relação a Bjørn Hansen nessas situações que tinha um quê de duplicidade, de espreita.

Aos domingos, portanto, Bjørn Hansen almoçava no Grand Hotel, a não ser que estivesse na casa dos Busk. Ao chegar em casa, sentiu que o filho tinha fritado uma costeleta, ou salsichas, e pensou: — Eu poderia ter convidado ele para ir ao Grand. — A princípio tinha pensado em chamá-lo para que o acompanhasse na caminhada de domingo com Herman Busk, e aí poderiam ir ao Grand depois, ou à casa de Herman Busk. Mas Herman Busk já o tinha convidado. Herman vira seu filho uma vez. Foi na casa de Bjørn Hansen. Na ocasião, ele disse que teria muito prazer em receber Peter junto com seu pai para o almoço de domingo. Mas Peter respondeu que não tinha disponibilidade. Infelizmente, não poderia dedicar os domingos a esse tipo de coisa. De certa forma, uma resposta razoável, afinal, um jovem que aspira à vida com certeza pode imaginar outras maneiras de passar os domingos do que almoçar com seu pai de meia-idade e seu amigo de meia-idade e a esposa deste. Mas havia algo em seu tom de que Bjørn Hansen não gostou. Era muito presumido. E totalmente destituído da menor compreensão pelo fato de que era o amigo de seu pai que o convidava para mostrar que a hospitalidade que ele com prazer oferecia a Bjørn Hansen agora também se estenderia a seu filho. Por isso Bjørn Hansen percebeu a declaração prepotente de Peter de que tinha mais o que fazer aos domingos como uma rejeição, não tanto de Herman Busk, mas dele mesmo, e isso na presença de Herman Busk, seu amigo, que assim foi obrigado a ouvir o filho se recusar a assumir qualquer encargo filial só porque estava hospedado num quarto na casa de Bjørn Hansen.

Havia parecido tão desnecessário. Por que ele não poderia ter concedido essa alegria a seu pai? De levar o filho aos almoços de domingo na casa de Berit e Herman Busk, mesmo se fosse uma única vez. Ou ele poderia ter se mostrado interessado em princípio, agradecendo educadamente e dizendo que gostaria muito de ir. Afinal, não seria obrigado a ir. Poderia ter inventado uma desculpa no momento apropriado. O episódio fez com que Bjørn Hansen guardasse um ressentimento contra Peter. "Ele se agarra à vida", pensou mais uma vez sem querer, sem ter consciência de que forma esse acontecimento em particular seria uma expressão disso. Portanto, ao sentir o cheiro de costeletas no apartamento na hora de voltar para casa depois de seu almoço no Grand, era capaz de pensar: Bem feito! Certa vez teve que passar em casa antes de ir comer no Grand. Quando entrou no apartamento, Peter estava fritando salsichas. Domingo à tarde. Peter estava de roupa esportiva moderna, peças leves, soltas e finas, do jeito que os jovens se vestiam quando iam se divertir de forma saudável nas horas livres, ao ar livre. Com essa roupa, estava fritando salsichas. Não vou chamá-lo para ir junto, não vou, pode ficar aí com seus nacos de salsicha. Trocou algumas palavras com o filho e disse que estava saindo. O filho sabia muito bem que o pai estava indo para o restaurante comer um almoço de primeira, trajando seu antiquado anoraque, tanto que quando disse que estava saindo, Peter entendeu que tentava esconder o fato de que ia almoçar fora, e isso, obviamente, para não ter que convidá-lo para ir junto, ele, que estava debruçado sobre quatro miseráveis metades chamuscadas de salsicha defumada. É claro que Bjørn Hansen se arrependeu depois, na hora que estava sentado no Grand Hotel lendo o cardápio. Pois então chegou a visualizar Peter na sua frente outra vez. Na cozinha, com sua roupa esportiva moderna, fritando salsichas. Sozinho. No domingo. Por que será que não come fora com mais alguém?, pensou. E é do mesmo jeito todo domingo. O cheiro de costeletas que pairava no apartamento toda vez que chegava em casa era indício disso. Bem como o único prato que estava na pia. Fica muito sozinho, pensou. Era pouca coisa que sabia sobre Peter. Só o conhecia com base naquilo que ele mesmo contava sobre si e sua vida quando uma vez ou outra sentava na sala para assistir à TV na companhia do pai. De resto, só as poucas coisas que via, e ouvia, dele dentro do próprio apartamento. Todas as noites da semana, Peter voltava cedo para casa. Em geral, por volta das dezoito horas ou 18h30. A não ser que voltasse um pouco depois das 21 horas, e um pouco depois das 23 horas, pois um pouco depois das 21 horas e um pouco depois das 23 horas são os horários logo depois do final do filme, se você voltar direto para casa, caminhando os duzentos e poucos metros do cinema bacana de Kongsberg para o apartamento de Bjørn Hansen. Às vezes, ele se levantava do sofá, depois de ter assistido TV e saía para dar uma volta. Mas aí nunca demorava, era só uma caminhada noturna, provavelmente.

  Por que não está junto com os outros?, pensou o pai. Bem, mas está, protestou consigo mesmo. Aos sábados. Aí fica fora até altas horas da noite. Visualizou o filho naqueles momentos. Gastando muito tempo no banheiro, antes de enfim sair de lá, com sua roupa juvenil desleixada, mas meticulosamente ajeitada. Passando vagarosamente pelo pai, que está sentado no sofá, e, com um gesto descontraído com a cabeça, saindo para a balada dos universitários, pronto para conquistar a vida noturna de Kongsberg num sábado do mês de outubro. Junto com os outros, no meio de uma juventude frenética, antes de, lá pelas tantas da noite, voltar para o apartamento. Mas e no domingo?, pensou. Por que fica tão sozinho então? Por que não almoça com eles então? Visualizou o filho outra vez. Parecia tão sozinho ali na cozinha. Tão gelidamente sozinho em toda sua juventude estereotipada. Talvez não pudesse se dar ao luxo de comer fora com os outros, pensou. Meu filho é muito econômico. Por isso come em casa sozinho. Com certeza, passou a primeira parte do dia com eles. Passeando, com alguém, e depois, quando os outros saem e gastam uma nota, ele vai para casa, pois é o único com possibilidade de preparar o almoço na própria casa.

Afinal de contas, o filho tinha contato com eles, isso Bjørn Hansen pôde inferir porque Peter frequentemente mencionava vários de seus colegas de curso. Por sinal, Bjørn Hansen também sabia o nome de alguns deles. Tinha gravado alguns nomes porque Peter falava tanto deles. Karsten Larsen, que era de Nybergsund. Jan Feltskog de Skien, que dera uma cantada na menina islandesa de sua turma, e agora os dois já eram namorados e ficavam sentados à mesa do refeitório entrelaçando as mãos (disse Peter rindo). E o sueco Åke Svensson, de Arvika. Especialmente ele. Bjørn Hansen tinha a impressão de que Peter e Åke, o sueco, passavam o dia inteiro na faculdade juntos, pelo menos sentavam um ao lado do outro nas aulas e ficavam um ao lado do outro durante as demonstrações de equipamentos técnicos na Essilor Aspit, o maior fabricante de recursos ópticos do país (de acordo com Peter), e onde grande parte das aulas práticas ocorria, além de que sentava à mesma mesa que Åke no refeitório quando este jantava (e Peter tomava seu café, possivelmente com um folhado doce), uma mesa onde Bjørn Hansen, aliás, tinha forte impressão de que também

Jan Feltskog e sua namorada ficavam sentados, entrelaçando as mãos. Mas agora, quando eu voltar, ele estará lá, pensou Bjørn Hansen. Sempre está. Todo domingo. E por que nunca fala com quem foi passear? Se eu perguntar o que fez, só diz que foi fazer uma caminhada. Será que Åke Svensson não faz caminhada? E por que raios não podem passear juntos em Kongsbergmarka? Afinal, as conversas ficam tão boas quando a gente faz caminhada, e eles devem ter tantas coisas para discutir, pelo menos era o que Bjørn Hansen tinha deduzido das falas de Peter. Mas Peter não proferia uma palavra sobre as caminhadas, nem sobre o que Åke, ou qualquer outra pessoa, tinha dito e feito. É claro que não precisa significar que faz as caminhadas sozinho, só porque não me conta nada sobre elas, não precisa significar isso. No entanto, Bjørn Hansen tinha começado a suspeitar que o filho passava mais tempo sozinho do que era bom.

    Portanto o pai ficou feliz quando Peter um dia veio perguntar se poderia emprestar seu carro. Uma turma da Politécnica ia para um show de rock em Oslo na sexta-feira, e, depois de ficar evidente que havia falta de carros, Peter se oferecera para arranjar um. Animado, Bjørn Hansen lhe deu a chave do carro imediatamente. Não só porque essa era mais uma indicação de que sua suspeita de que o filho andava sozinho, como um esquisitão, era totalmente infundada, mas também porque Peter, ao perguntar se poderia emprestar o carro, agia como "filho" em relação a ele e não apenas o via como um hospedeiro amigável, algo que ele tinha a sensação de que Peter fazia, e que ele simplesmente tinha de aturar, sem poder fazer nada, nem de um jeito nem de outro, porque era muito difícil para Bjørn Hansen se manifestar, agora, depois de uma separação tão longa do filho. O filho foi embora, lotou a lata velha de seu pai com quatro colegas da turma e partiu para o show de rock na capital, uma viagem de uma hora e meia.

Na manhã seguinte, Peter devolveu a chave na hora do café, e Bjørn Hansen perguntou como foi o show. – Bom – disse Peter. – Mas ficou caro. Porque enchi o tanque do carro, e quando voltamos para Kongsberg e íamos acertar as contas, não queriam pagar. Nenhum deles. E eu tinha sido o motorista a noite inteira, eles ficavam tomando cervejas e mais cervejas depois do show, enquanto eu estava ali com um refrigerante. E aí nem queriam pagar a parte deles. – Por que não? – perguntou Bjørn Hansen. Peter encolheu os ombros. – Não sei – respondeu. – Só fizeram gozação.

Então, Peter não sabia por que os amigos não queriam dividir as despesas da gasolina. Porque só fizeram gozação. Bjørn Hansen daria muito para saber de que forma tinham feito gozação, mas não podia perguntar, não quando o filho não quis se estender. Mas ficou indignado. Parecia-lhe que foi uma grande desconsideração e bastante incomum. O que havia com o filho que possibilitasse a três amigos tratar um quarto amigo dessa forma? Será que eram tão bons amigos que a gozação simplesmente era uma gozação, subentendendo-se que da próxima vez Karsten iria dirigir e aí Peter pegaria carona, e então Karsten bancaria a gasolina e seria o motorista da noite, com um refrigerante para se consolar?

– Mas aí eu mandei eles saírem – disse Peter, com sua voz exageradamente alta de sempre. – Eles simplesmente foram obrigados a voltar para casa a pé, e Halvor Mørk tinha pelo menos quatro quilômetros para andar, mas teria que andar, já que não pagou. Eu só tinha parado na praça para acertar as contas antes de levar cada um para sua casa. Porra, era no meio da noite, eram quatro horas da manhã, e aí achavam que eu, depois de ter sido o motorista o tempo todo, iria levar eles para casa, sem que ao menos pagassem pela gasolina. Bem, saíram do carro arrastando os pés e se apressaram até o ponto de táxi, e aí foram para casa de táxi, pelo menos Halvor, o que os outros acabaram fazendo não sei, mas afinal de contas o táxi custava mais do que teriam

pago pela gasolina. Bjørn Hansen se sentiu incomodado. Não gostou da situação. Isso não era uma gozação normal, isso era algo muito diferente. Eram aqueles três contra Peter, os três colegas de faculdade contra seu filho. Por que não queriam pagar pela gasolina, mas preferiam tomar um táxi? Já não era uma questão de dinheiro, mas alguma outra coisa. Mas o quê? Por que tratavam seu filho desse jeito, depois de Peter primeiro ter se oferecido para arranjar um carro, resolvendo assim um problema difícil para eles, e então os levar ida e volta para Oslo, e ainda ficar esperando, por assim dizer, enquanto os três amigos aproveitavam a oportunidade para ter uma noitada na capital, uma vez que já estavam lá?
Não exagere, aconselhou Bjørn Hansen a si mesmo. Calma! É só um episódio infeliz, pelo qual Peter precisa assumir grande parte da culpa. São quatro amigos que vão juntos para um show de rock em Oslo, e, dessa vez, Peter se ofereceu para arranjar o carro. A próxima vez pode ser Karsten, ou o terceiro, esse tal de Halvor Mørk. É o que está subentendido, como uma premissa, e por isso os outros três acham um pouco deselegante da parte de Peter começar a insistir sobre o pagamento, às quatro horas da manhã, imagine só, pegar as carteiras, procurar notas e moedas, uma grande confusão com o troco, não, nos leve para casa agora, Peter, aí a gente resolve isso mais tarde, pô. É, deveria ter sido assim, uma noite bem agradável que teve um fim um pouco estúpido, porque acontecia que Peter poderia ser um pouco difícil e desajeitado, socialmente falando, sim, já percebi isso várias vezes, pensou Bjørn Hansen. E além do mais, Peter nem parecia arrasado, só um pouco aborrecido. E de noite ele saiu, no Studenterkroa, e só voltou para casa lá pelas tantas da noite, já que era sábado.
No entanto, lá pelas tantas da noite? Dessa vez, ele conferiu o relógio quando acordou porque Peter estava entrando. Meia-noite e 35. No sábado seguinte, ele acordou

da mesma forma. Ouviu o filho abrir a porta e passar na ponta dos pés pelo apartamento. Olhou para o relógio. Quase meia-noite e 35. Depois, no outro sábado, ele também acordou. Não quis conferir o horário. Só que o fez mesmo assim. O que não deveria ter feito. Era meia-noite e 35. Ou seja: depois de ter saído para se divertir, seu filho voltava para casa à meia-noite e 35. E isso não era "lá pelas tantas da noite" coisa nenhuma. Pelo contrário, era o horário "natural" mais cedo que um jovem poderia chegar em casa sem ter vergonha depois de ter saído para se divertir num sábado à noite.

Bjørn Hansen entendeu. Não poderia mais negá-lo. Isso era a prova. Ele tinha um filho cuja companhia ninguém queria, pelo menos não por mais tempo do que o estritamente necessário. Os passos do filho à meia-noite e 35 no sábado à noite, com tanta regularidade que era possível acertar o relógio por eles, tornavam isso evidente. *E ele mesmo sabe disso.* Isso era o pior, senão não teria importado, poderia se dizer. Tenta esconder o fato, sobretudo de mim, pensou Bjørn Hansen. Meu Deus!, exclamou. Mas Bjørn Hansen o sabia agora. Que seu filho não tinha amigos. Era evidente que ninguém gostava muito dele.

Nem mesmo Algot, o amigo que Peter tinha chamado de seu bom gênio. De quem Peter tinha sido inseparável, no Exército. Ah, bem, Algot deveria ter deixado que grudasse nele, e por isso o filho quis estudar a mesma coisa que Algot, e na mesma faculdade, para que ainda pudessem ser inseparáveis. Sim, Peter tinha sonhado em ficar inseparável de Algot a vida inteira, como gerente de loja de confiança de Algot Blom. Mas Algot nem se dera ao trabalho de informar Peter de que tinha mudado de ideia. E agora Peter cola nos colegas de turma, que estão indo para um show de rock em Oslo. Se oferecendo para arranjar um carro e dirigir, como motorista particular, ida e volta, e eles, com a maior arrogância, lhe permitem fazê-lo, para não ter que se preocupar mais com o problema de transporte. Mas quando o cara exige que também lhe *paguem* por isso, aí já passou do limite. Meia-noite e 35. Sempre entrar em casa à meia-noite e 35. O pior é que ele os compreendia. Os outros. Havia algo com seu filho que causava desagrado nos outros. A própria voz, ele falava alto demais. Por cima da cabeça das pessoas. Podia imaginar vividamente o filho no refeitório da Politécnica. Com seu folhado doce de sempre e seu café, discorrendo sobre o fato de que *ele* jantava em casa, e, portanto, evitava essa despesa, os outros ficavam escutando isso enquanto jantavam. Provavelmente, o tinham visto chegar, com a xícara de café e o folhado doce num prato, torcendo para que se sentasse em outra mesa. É uma pena, pensou o pai. Caramba, o que meu filho faz não é outra coisa senão querer participar de uma vida de jovem universitário totalmente normal. E isso ele pode muito bem fazer, só que de preferência não na mesa deles.

Dali em diante, Bjørn Hansen começou a ter uma sensação dolorosa quando o filho falava entusiasmado sobre os tempos atuais. Doía ouvir as exposições de Peter sobre o ritmo frenético do tempo, em especial o tom altivo em que se dirigia a Bjørn Hansen, pois Bjørn Hansen sabia que não era bem assim. Mas Peter não sabia que Bjørn Hansen sabia, por isso continuou como antes. Falou entusiasmado sobre seu tempo, lá fora. Sobre o volume do uivo eletrificado do estabelecimento no subsolo, um som quase sacro. Sobre os estudantes ambiciosos dos tempos atuais, a nova safra da Optometria, que não se deixavam ser pisoteados, mas transformariam a óptica e sua aplicação prática em algo muito diferente do que era hoje, quando eles, com o tempo, passariam a atuar em todo o território norueguês, sim, nos outros países nórdicos também. Sobre seus colegas de curso, que Bjørn Hansen, não sem uma sincera mágoa na alma, o ouviu mencionar com grande afabilidade, sim, muitas vezes com admiração. Sobre a vida ali em Kongsberg, sob o letreiro luminoso de CITY, uma ilha de civilização, de tecnologia de ponta até, em meio a esse mar de pedras que era a Noruega. Sobre o fato de que nossos tempos são impiedosos, descartando quem não os acompanha, e com razão. Nesse caso, Peter Korpi Hansen estava novamente pensando nos jovens que sem pensar se dedicam aos cursos da moda de ontem e vão bater com a cara na porta quando saírem à procura de emprego depois. No entanto, com um diploma da única faculdade dos países nórdicos onde se formam oculistas, você estava na dianteira. Peter não fazia segredo da própria esperteza, que o havia levado ao lugar onde se encontrava agora, ao curso de Optometria da Escola Politécnica de Kongsberg, mas acrescentou que foi por um triz que não estava em Volda, estudando Comunicação. Bem, poderia ter sido assim, muitas vezes é o acaso que determina as coisas. Mas não só, afirmou energicamente. Pois tão logo fui conduzido para a Optometria, eu disse adeus a qualquer ideia de Comunicação. Não tinha dúvida sobre o que era a coisa certa, falou, e mais uma vez Bjørn Hansen foi obrigado a ouvir seu tom de voz arrogante encher a sala de seu apartamento e se sobrepor à TV, que também estava ligada.

    Nesses casos, Bjørn Hansen não pôde deixar de se perguntar o que teria acontecido se Peter soubesse que o pai sabia qual era a verdadeira situação do filho. Para sua surpresa, se deu conta de que não faria diferença nenhuma. Peter teria contado exatamente a mesma coisa, e exatamente no mesmo tom de voz, e se gabando dos mesmos detalhes. Esse jovem que afinal era dispensável e excluído tinha, de fato, um entusiasmo genuíno justamente por seu tempo e seus contemporâneos, com quem cultivava uma comunhão, na roupa, na música, no trato e nas visões. Mas você é tão sozinho, meu filho, Bjørn Hansen poderia ter dito, e o filho teria dado um sorriso condescendente. Sozinho. Com certeza, teria dito. É a natureza da juventude.

Você nunca ouviu nossa música? Afinal, a comunhão que ela cria entre nós é baseada no fato de que pode manifestar abertamente a solidão maldita que reside no fundo de toda alma moderna. Podemos arremessar a música pelo espaço em forma de berros altos e vertê-la pelas paredes, pensou Bjørn Hansen que Peter poderia responder então. Por sinal, é muito natural para um jovem ser sozinho, pai, ele poderia acrescentar depois, pensou Bjørn Hansen, mas no mesmo instante sentiu uma pontada, pois havia notado que durante os dois meses que o filho vivera com ele, nunca o ouviu terminar uma frase dirigida a Bjørn Hansen com "pai".

Mas aí Bjørn Hansen poderia tê-lo confrontado com o fato de que os outros já não queriam se relacionar com ele se pudessem evitá-lo. Poderia ter mencionado o episódio de quando Peter os levou ida e volta para Oslo e debocharam dele porque se atreveu a exigir que dividissem a gasolina, como se fossem uma turma de amigos que tinham ido juntos para Oslo. Também a isso, Peter poderia ter dado uma resposta. – Pode ser verdade que não estavam pensando em me chamar a princípio. E que só se interessaram quando comentei que poderia emprestar seu carro. Mas e daí? Muitas vezes é assim nessa vida. É preciso usar os meios à disposição. Usei seu carro, me oferecendo para dirigir. Se significa que "colei neles"? Talvez, mas quis colar neles. Só que me recuso a aturar qualquer coisa só porque preciso colar nos outros e de outro jeito não sou chamado. Um dia vou ser chamado de outro jeito. Mas enquanto espero por isso, vão ter que se conformar com a ideia de que pagam pela gasolina, caramba, imaginou ele que Peter responderia, em voz alta e professoral. O filho instruía o pai sobre uma conduta totalmente natural em determinada situação, era tão simples assim. Pois é, Peter poderia ter explicado tudo, argumentando que era um episódio vivenciado por um jovem na contemporaneidade, que, totalmente imperturbável, desconsidera o que já foi e segue em frente. Só para o meia-noite e 35 Bjørn Hansen não conseguiu fornecer a Peter qualquer resposta.

    De certa forma, sentiu como que um alívio, pois as respostas que ele, em sua imaginação, colocava na boca de Peter correspondiam tão bem ao jeito de Peter, de modo que o silêncio, o distanciamento, sim, o constrangimento do filho ao ser confrontado com o fato de todo sábado entrar no apartamento e então passar na surdina pela sala, para que o pai não acordasse, e na certeza de que se o pai acordasse mesmo assim, e conferisse o relógio, seria, de todo modo, bem mais de meia-noite, isso o reconciliava de alguma forma com o filho. Seu desespero porque o filho era excluído e detestado entre seus pares foi então rebatido pelo constrangimento do filho ao ser desmascarado em sua solidão gélida, e isso levava a uma sintonia que Bjørn Hansen de resto tinha dificuldade de atingir com o próprio filho, enfim, até ali só a atingira em sua imaginação, ainda no limite extremo da imaginação, pensou.

    Pois não tinha certeza de que gostava de seu único filho, ou seja, a única coisa que restaria dele, no final. Embora se afligisse com a solidão irremediável do filho, que apenas se manifestava no filho através desses passos pé ante pé sobre o piso da sala à meia-noite e 35 todo sábado à noite, entendia de sobra sua causa. Não aguentava o jeito professoral e prepotente do filho. Ele o enojava, mesmo se aquilo que Peter expressava dessa forma fosse o entusiasmo por sua própria época, o que ele afinal deveria permiti-lo ter, além de que isso mostrava como o filho estava disposto a lutar ferozmente pela vida, que, afinal das contas, era sua, gelidamente sua, Bjørn Hansen poderia acrescentar. Era a vontade de Peter de viver que se manifestava dessa forma, ou seja, aquilo que restaria de Bjørn Hansen, na carne de sua carne, nos genes que cegamente prosseguiriam, em vidas ainda por nascer. Mas havia algo nessa vontade de viver que o assustava. Seu ar de espreita. Com relação ao pai. Como se ele o tempo todo dissesse: não se atreva. Você não pode me comprar de volta como filho, aqui em casa sou o hóspede e você é meu hospedeiro, havia uma distância em tudo que Peter fazia que expressava isso. Mas mesmo assim ele não conseguiu resistir à tentação de receber as vantagens que lhe pertenciam unicamente por ser filho de Bjørn Hansen, e de tal forma que o pai tinha certeza de que Peter se gabava disso na frente de seus colegas de faculdade. Receava ofender o filho por se comportar de um jeito que Peter consideraria uma aproximação por parte dele na qualidade de pai. Que o deixaria irritado ou envergonhado. Havia tanto que queria ter dado a ele, mas de que se absteve por temer que Peter o interpretasse como pressão para se apresentar como "filho". Seu ar de espreita toda vez que ganhava alguma coisa, por exemplo, as refeições, que o pai tinha organizado de tal forma que o filho poderia comer sem se apresentar como "filho", indicava uma vontade de viver peculiar e forte nele, com que o pai todavia não conseguiu se conformar por carecer de generosidade (mas quantos jovens são generosos? Eles têm mais o que fazer se agarrando a seu próprio futuro!) e de senso de vergonha (mas o senso de vergonha, isso ele esperava encontrar num jovem), que, ele teve de admitir, também adquiriu outra expressão precisa naquela sua importunidade para com os colegas da faculdade, a qual eles sentiam e tentavam tolerar, mas também não mais que isso. Peter ia ser oculista. Falava sobre a alta competência que a Escola Politécnica de Kongsberg fornecia nessa área como se fosse um prêmio que ele tivesse granjeado por conta de suas habilidades. Mas o próprio assunto não lhe despertava a curiosidade. Demonstrou pouco interesse pela ciência óptica, sobre a qual, afinal de contas, estava ali para adquirir conhecimentos. Encarava-a praticamente como o preço que precisava pagar para conseguir uma formação com futuro. O pai se perguntara por que Peter, com suas notas altas, não tinha prestado outro curso, como medicina, ou engenharia no Instituto Norueguês de Tecnologia, mas pelo visto isso estava longe de suas ideias, sua ambição não se direcionava nem um pouco para aquele lado. Algot não poderia ser a explicação de tudo, pois se o filho tivesse ido para o Exército com um desejo claro e ambicioso de se tornar médico, engenheiro ou advogado, nem mesmo Algot teria sido capaz de fazê-lo optar por se tornar oculista. Tinha sido Comunicação versus Optometria, e, nesse caso, ele, para sua própria satisfação arrogante, escolhera certo, ou seja, a Optometria. Para outras pessoas, essa decisão poderia parecer um pouco discutível, e o convencimento total do próprio Peter sobre a questão, quase incompreensível. Afinal, Comunicação significava poder. A nova geração de estudiosos de imagens e letras que, em virtude de seus conhecimentos, podem tirar proveito da linguagem secreta que se manifesta numa tela de TV deveria ter parecido atraente para Peter. Mas mesmo assim ele escolhe ser oculista. Corrigir as deficiências do olho por meio da ciência óptica. É impensável que teria feito essa escolha sem a influência de Algot, o curioso é que fez essa escolha de qualquer jeito. Teria de significar que a influência de Algot era maior do que o sonho de pertencer aos modernos especialistas em Comunicação, com seu poder e suas vidas aventureiras, ao contrário da vida relativamente sedentária no fundo de uma ótica, ainda que vestido de jaleco branco. Mas ali, no fundo de uma ótica, Peter Korpi Hansen deixaria sua marca na existência, como alguém com pleno conhecimento dela. Esse era seu objetivo. Algot não veio. A Optometria como ciência lhe interessava pouco. Ele poderia ter ido embora. Afinal de contas, as premissas desapareceram. No entanto, Peter ficou. Os colegas de turma não gostavam dele e mal toleravam que sentasse à mesa deles no refeitório. Mas à noite, ele era capaz de falar com entusiasmo para seu pai sobre a Escola Politécnica de Kongsberg, sobre a brilhante vida de universitário, os ritmos dos tempos, os professores convidados que chegavam do Instituto Norueguês de Tecnologia e estavam à sua disposição, sobre seus colegas legais, entre os quais ele sobretudo punha Åke Svensson de Arvika nas alturas. Pois ele encontrara seu lugar. Encontrara a maneira de como deixar sua marca na existência. De acordo com Peter, foi Åke, o sueco, que lhe sugeriu a ideia. Aqui estamos, quarenta pessoas, ele tinha dito, e depois, quem de nós os clientes vão preferir? O melhor, óbvio. Só que todos somos o melhor, do ponto de vista do cliente. Depois de três anos aqui, todos vamos ser capazes de fazer a parte técnica do trabalho para a plena satisfação do cliente. Pelo menos isso todo mundo aprendeu. Qualquer um de nós será capaz de encontrar a lente correta para qualquer olho, e também vai conseguir detectar quem tiver alguma doença ocular e encaminhá-lo para o oftalmologista, até aqueles de nós que dormiram nas aulas do especialista em oftalmologia vão ter captado o bastante para distinguir um olho doente de um olho que é apenas deficiente. O olho deficiente é nosso domínio, e todos vão conseguir arranjar os óculos ou as lentes de contato corretos para ele. Para aqueles que vamos atender, todos nós vamos ser igualmente competentes. São só oculistas que conseguem ver quem é mais competente que o outro. Mas mesmo assim os clientes vão preferir um profissional a outro. Alguns vão ter sucesso, outros vão sofrer. Quem vai ter sucesso se todos na realidade são igualmente competentes? Aquele que pode oferecer algo mais. Aquele que pode oferecer beleza, disse Åke. – Os óculos da moda.

Isso tinha impressionado o filho de Bjørn Hansen imensamente, ele, que nem sonhava em ser dono de sua própria ótica, mas de ser um assistente de Algot Blom, ou de alguém como ele. Era através da interpretação dos caprichos da moda que um oculista se destacava. Adaptando os caprichos da moda de forma bem concreta a um par de óculos específicos. Percebendo que o futuro de um oculista residia nisso. Peter o tinha entendido. Mas foi Åke quem lhe apresentara a ideia. Portanto seria eternamente grato a Åke Svensson, disse. Por ter semeado essas palavras nele. Palavras que Peter guardou em seu coração, sobre as quais meditou, pois Bjørn Hansen entendeu que Peter poderia ficar ali na casa do pai discorrendo com entusiasmo sobre o que isso realmente significava, mas jamais o faria na companhia de seus colegas de turma. Aí ele escutava e ficava calado. Pois agora ele tinha a vantagem, tinha percebido do que se tratava. Era óbvio que precisava aprender seu ofício. Além do mais, era preciso compreender os tempos atuais. Seus caprichos, que são a natureza mais íntima do tempo.

  Bjørn Hansen olhou para o filho. Poderia imaginá-lo como oculista. Como assistente de uma ótica. Não poderia imaginá-lo como advogado, médico ou engenheiro. Nem como profissional de comunicação, quer fosse na área da publicidade, do cinema, quer como apresentador de TV. Peter tinha encontrado seu nicho. Numa área que na verdade não era importante para ele, que ele tinha escolhido por acaso e com base na suposição de que era um futuro seguro, pois havia poucos oculistas em relação à demanda, ao contrário da área de comunicação, onde mais do que muitos eram chamados. Seu filho como oculista. No momento em que pega os óculos certos para o cliente. O orgulho arrogante na hora de penetrar diretamente em seu próprio tempo, e, de forma quase misteriosa, sair com um par de óculos que é perfeitamente adaptado ao formato do rosto do cliente, visto à luz da expressividade própria e cambiante do tempo, ou de sua conformidade resistente. Isso não era apenas seu filho, mas o sonho e o objetivo palpitante de seu filho na existência.

  Evidentemente, a ideia que pegou de Åke, o sueco, libertou algo em Peter. Não se poderia negar que ele tinha estudado de forma aleatória, pois o fundamento havia desaparecido já antes de ele começar. Fora aplicado nos estudos, isso sim, mas sem ter um objetivo específico. Além de talvez uma esperança, lá bem no fundo, de que uma carta chegaria de Algot, na qual tudo seria explicado e remendado. Tinha estudado para passar o tempo. Mas agora poderia olhar para a frente, para o dia em que se formaria, dali a dois anos e meio, e com um futuro que não mais dependia de um amigo que o traíra de forma tão incompreensível. Peter continuou tão solitário como antes, mas o deixava transparecer ainda menos do que antes, com a exceção óbvia daquela hora em que a solidão batia, entre 23h30 e 00h35, quando se deve supor que ele mais uma vez percebia que era um importuno entre seus pares.

O fim do primeiro semestre do ano letivo estava se aproximando. Peter logo voltaria para casa, para Narvik, onde passaria as férias do Natal. Eles dividiam o apartamento, o pai percebera como era ter um jovem moderno morando em casa. Por exemplo, pelo fato de que o banheiro estava ocupado na hora que ia usá-lo. E de que as emanações dos perfumes, cremes, loções pós-barba, desodorantes tipo *stick*, xampus etc. etc. do filho pairavam no ar quando enfim poderia entrar, encobrindo os cheiros mais primitivos do interior do filho, que só estavam presentes de forma imperceptível, como um testemunho evaporado e inidentificável da presença peluda do filho. Ele o via sair de manhã, com ar descontraído, autoconfiante, vestido para a batalha com o figurino próprio da juventude. E o via voltar à noite, ou bem no final da tarde, esquentando o jantar no micro-ondas que Bjørn Hansen tinha comprado porque o filho estava chegando para morar com ele. Aí entrava no quarto para estudar, ou talvez descansar. Mas depois chegava à sala e sentava no sofá e falava. Sobre isso. Colocava os outros estudantes para baixo. Aqueles que não entendiam como o oculista deveria participar da iluminação geral da natureza humana. Aqueles que só achavam que se tratava de adquirir alguns conhecimentos elementares sobre a relação entre o formato do rosto da pessoa e a armação e as lentes dos óculos. Nem Åke ele se absteve de colocar para baixo. Åke, que lhe sugeriu a ideia, mas que não compreendeu o conteúdo do que ele mesmo tinha dito. Ele acreditou que foi uma ideia súbita, um detalhe engraçado, com que se podia brincar, se bem que meio a sério. Mas não totalmente a sério. Assim como Peter. – Lentes altas para um rosto feminino alongado – riu ele. – É verdade. Pois então o rosto da mulher fica suave. Eles acham que é só uma questão de aprender regras básicas assim. Mas e se o rosto da mulher não precisa ser suave? Não há algo de banal nessa suavidade que sempre precisa ser ressaltada na mulher? Poderia ser que a ênfase no lado forte do rosto alongado de uma mulher o faria brilhar de uma maneira misteriosa, incitante. A pureza e a força. Um par de óculos quadrados, com lentes baixas, para ela. – Ou seja, exatamente o contrário da regra que é ensinada e que seus colegas de faculdade acham que são verdades eternas. – Não há verdades eternas, apenas um ritmo frenético de vida, situações, em que é dada ao ser humano a oportunidade de resplandecer, de modo que a situação é o céu e as pessoas sublimes são suas estrelas – disse Peter, gravemente e com páthos grande e genuíno. Ah, se seu filho antes falasse com emoção sobre a ciência óptica! Sobre os conhecimentos que tornariam seu filho capaz de trabalhar com as curvaturas da lente para encontrar -2,5 e -1,7. Mas esses conhecimentos indispensáveis não conseguiam levar a mente de seu filho às alturas e preparar seu encontro com a vida real. Aquela sobre a qual Peter estava falando. Aquela sobre a qual Peter estava discursando para seu pai. Não parava de discursar. Sobre a vida e seu próprio futuro, para os quais agora abriria os olhos. Antes, havia sido apenas a vida, a admirável vida, sua própria contemporaneidade. Agora também sabia como *ele* atuaria nela. Abriria os olhos. Ele falava e falava. Com a mesma voz monótona e alta demais. Por cima de seus olhos, mas diretamente no ouvido. O filho crivava seus ouvidos de palavras. Tudo havia evoluído de forma totalmente diferente do que Bjørn Hansen tinha imaginado. Durante todo o outono, ele havia esperado um "ataque" vindo de Peter. Por que o pai havia abandonado seu único filho com apenas dois anos de idade? Não sabia que isso significava que uma das paredes da existência ficasse faltando para ele, o filho? Bjørn Hansen também tinha esperado que Peter lhe contasse que não o visitara desde os quatorze anos de idade à espera de que o pai se manifestasse, pedindo-lhe, com insistência, que viesse visitá-lo mesmo assim, pois não suportava a ideia de perdê-lo. Mas Peter nunca o "atacou". Não se referiu àquilo que se passara entre eles com uma palavra sequer. Nem sequer com uma palavra, nem sequer com um gesto, se referiu a algo que pudesse fazer de Peter o "filho" de Bjørn Hansen, e, consequentemente, fazer dele o "pai" de Peter. O "ataque" não se materializou. Mas Bjørn Hansen tinha esperado. Tinha preparado sua resposta. Que não se arrependia de nada e, portanto, não poderia tomar nenhuma iniciativa que pudesse fazer dele mesmo o "pai" de Peter e consequentemente Peter seu "filho". Pois não era capaz de empregar a palavra remorso, já que sabia que teria agido da mesma forma se tivesse tido outra chance. Portanto havia desperdiçado seu filho, era só Peter que seria capaz de remediar a situação, se quisesse. Mas Peter não quis. Não fazia ideia do que o pai estava falando. Tudo aquilo lhe era indiferente. Em vez disso, Peter falava sobre o entusiasmo que sentia pela própria contemporaneidade brilhante e suas pessoas iluminadas, o que era seu pleno direito. Uma maldição pesava sobre o relacionamento entre pai e filho. Noite após noite o jovenzinho solitário discursava para seu pai sobre a vida lá fora, no futuro. Com seu rosto jovem, nu, que, segundo diziam, tinha as mesmas feições que Bjørn Hansen, Peter explicava, autoconfiante, como resolveria o futuro. Como chegaria tão perto, mas tão perto, dele, que seria capaz de agarrá-lo, de sua pequena posição imaginada como gerente de confiança da filial de Algot Blom no Oslo City, ou onde quer que acabasse ficando. Algo que Peter orgulhosamente poderia confiar a seu pai pela primeira vez, pois não era certeza absoluta que acabasse trabalhando com Algot Blom, afinal as possibilidades eram tantas. Bjørn Hansen ficava escutando. Estava bastante comedido, sentado ali, deixando ter seus ouvidos crivados de palavras. Só dizia: é verdade, ah, é, você acha, é mesmo, isso poderia valer a pena cogitar. Mas isso não afetava Peter. Ele não parava de falar. Entusiasmado e monótono, em sua voz alta demais. Bjørn Hansen desejava que ele parasse. Não aguentava ouvir mais depoimentos sobre o mundo moderno, a que seu filho tinha tanto orgulho de pertencer de corpo e alma. Com todo seu estilo e elegância, e a que seu filho agora se agarrara, através de uma visão de poder interpretar a modernidade com sua própria vida de forma que fosse capaz de criar aquela armação de óculos deslumbrante que arrancasse suspiros de admiração das pessoas. Mas o filho não parava. Continuava falando. Também de manhã, ainda antes de Bjørn Hansen ter tirado o sono do corpo e conseguido se preparar para um novo dia, o filho era capaz de estar ao lado da tábua embutida da bancada da cozinha cortando suas fatias de pão enquanto falava, prepotente, sobre o ritmo de sua contemporaneidade e a importância de compreendê-lo. "Com seu rosto obscenamente nu", "é a sua cara", munido de um figurino significativo de seu farto guarda-roupa, o filho estava ali, autoconfiante e presunçoso, discursando para Bjørn Hansen sobre a superioridade dos tempos atuais, dentro dos quais, e não fora, ele mesmo estava, antes de pegar a xícara de café e as fatias de pão e ir para seu quarto, deixando que o pai enfim tivesse sossego para tomar seu café da manhã em paz. Ao mesmo tempo, Bjørn Hansen sentiu uma pontada de dor na consciência.

    Pois talvez eu esteja entendendo mal tudo isso, pensou. Talvez essa seja a declaração de um "filho". Talvez essa seja a "voz do filho". Um jovem que faz uma declaração a seu pai sobre a viagem em que embarcou, e as aventuras que o aguardam lá fora. Ou seja, uma mensagem que ele traz lá de fora, para seu pai. Se fosse assim, a voz então dava a entender que aquele que estava se declarando era o herdeiro do pai, aquele que levaria a vida adiante? Será que era o filho que comunicava ao pai como pegaria a chama? Possivelmente, possivelmente. Com seu jeito professoral talvez fosse um "filho" que estivesse falando, bem distante, mas ainda assim talvez um "filho". Que falava com ele. Bjørn Hansen ficou emocionado, inquieto. Pois será que nessa declaração, se realmente era o caso que vinha de seu "filho", havia também um pedido silencioso, uma esperança secreta até, de que seu pai, bem lá embaixo, lhe oferecesse seu reconhecimento? Uma pequena centelha? Que seria acesa entre os dois? Será que era possível que Peter tivesse feito isso? Aquilo que só Peter poderia fazer, mas que ele mesmo tinha desperdiçado a oportunidade de fazer. Será que Peter tentava se manifestar agora? Não na forma de um "ataque", algo que o pai tinha passado meses aguardando, mas dessa maneira tão inesperada. De repente ocorreu a Bjørn Hansen que o filho, que não parara de falar, de seu jeito professoral, autoconfiante e arrogante, num tom de superioridade, talvez, na verdade, o tempo todo tivesse repetido vezes sem fim: diga alguma coisa para mim, pai. Me reconheça por quem sou, reconheça a vida que vou viver e para a qual estou me preparando. Faça isso, pai. Será possível ter um filho que durante meses, desde o primeiro momento em que chegou em Kongsberg e se hospedou no apartamento de seu pai, tivesse pedido, repetidas vezes, uma palavra de reconhecimento? Sim, era possível. Será que de fato era um "filho" tentando chamar a atenção para sua própria vida, e para o objetivo de sua vida, a fim de obter o reconhecimento de seu "pai"? Surpreso, Bjørn Hansen foi obrigado a constatar que não se poderia descartar essa possibilidade. E, se esse era o caso, então ele, ao oferecer tal reconhecimento a Peter, poderia se tornar o pai de Peter aos olhos de Peter e consequentemente se reconciliar com o próprio filho. Ele poderia dizer a palavra redentora, e a maldição entre os dois teria perdido o efeito. Mas se esse era o caso não adiantava de qualquer jeito. Mais valia se o caso fosse exatamente o oposto. Pois ele não era capaz de oferecer esse reconhecimento a Peter. Era tão simples e tão chocante. Peter poderia falar sem parar se quisesse. Continuar a discursar para ele, em sua voz alta demais, que não mudaria nada. Meu pobre filho órfão de pai, pensou.

Também em Kongsberg, o Natal estava se aproximando. Peter tinha uma espécie de prova de final de semestre pouco antes do Natal, e assim que fez a prova, arrumou a mala e foi para casa a fim de comemorar o Natal em Narvik. Só levou uma mala na viagem, e o pai o acompanhou até a estação. O trem chegou e o pai lhe estendeu a mão. – Volto depois do Natal, é muito bom morar com você – disse Peter. O pai sorriu e lhe desejou uma boa viagem. Você volta depois do Natal, pensou. Mas não vai ficar por muito tempo. Isso eu sei.

O Natal chegou. Bjørn Hansen comemorou o Natal na intimidade, sozinho, apenas interrompido pelo almoço na casa de Berit e Herman Busk no dia 26 de dezembro, como de costume. No início de janeiro, Peter voltou, e no meio do mesmo mês, Bjørn Hansen foi para Vilna.

Onde fica Vilna? Vilna fica em algum lugar da Europa, é impossível especificar sua localização com maior precisão. Você pega o trem de Kongsberg para Oslo, voa de Fornebu para Kastrup, o aeroporto de Copenhague, e, depois de uma hora de espera na sala de conexões, você embarca no avião com destino a Vilna. Após um voo de uma hora e vinte minutos, você pousa no aeroporto da capital da Lituânia. Aí você está a duzentos quilômetros de Minsk, se for na direção leste. Riga fica a trezentos quilômetros na direção noroeste. São quatrocentos quilômetros para Varsóvia, ao sul. Para São Petersburgo são 650 quilômetros, para Moscou, 900 quilômetros e para Berlim, 850 quilômetros. A meio caminho entre Berlim e Moscou, em algum lugar dentro da Europa. São 250 quilômetros de Vilna para o litoral báltico, para a principal cidade portuária da Lituânia, Klaipeda, e para os balneários. Enfim, Bjørn Hansen se encontrava em Vilna. Estava olhando pela janela de seu quarto do 17º andar do Hotel Lituânia, tipicamente russo-soviético, e para baixo, para a cidade do outro lado do rio Neris. Uma cidade antiga e majestosa. Na Europa. Um castelo se avultava em uma colina, juntamente com a Torre de Gediminas, e ao pé da colina estava a cidade com suas igrejas, edifícios, torres e muralhas. Bjørn Hansen ficou impressionado com a vista da janela e imediatamente decidiu sair. Logo depois, estava passando por uma ponte de pedra para a outra margem do rio, onde essa antiga cidade estava localizada. Uma cidade com um esqueleto do século XIV. Paradeiro centenário de lituanos, poloneses, bielo-russos e judeus. Agora, uma população lituana, com uma grande minoria russa. Uma cidade com ruas estreitas de paralelepípedos e com um cheiro de coque. A fumaça subia e se deitava sobre a cidade. Cheiro de coque e óleo de cozinha rançoso. Bjørn Hansen passou depressa pelas ruas em suas roupas ocidentais e, para os padrões noruegueses, muito sem graça. Todos olhavam para ele. Olhavam para ele de dentro de passagens estreitas. Com suas roupas puídas, antiquadas. Com suas trouxas debaixo do braço. Curvados e corcundas. Mas o observavam com olhos que brilhavam de curiosidade. Ele era um emissário dos Estados Unidos. Repolho e batata. Rolos de tecidos nas lojas encravadas nos muros que ladeavam a rua. Um homem puxando um carrinho cheio de garrafas de leite vazias. Chacoalhando. Bjørn Hansen se apressou, na verdade se sentiu um pouco constrangido. O velho portão da cidade, do século XVI. A Igreja de São Casimiro. Um edifício de teatro do século XVIII. O Palácio dos Arcebispos. A nova prefeitura, do século XVIII. A universidade do século XVI, com a Igreja de São João. A praça de Gediminas com a própria catedral e o campanário autônomo. Dlim-dlão. Fazia frio e ele estava tiritando. Era alto inverno. As pessoas passavam depressa pelas ruas estreitas. De repente começou a nevar. Era um dia tão sombrio em Vilna, e de repente começou a nevar. Sim, nessa cidade, Bjørn Hansen teve a oportunidade de ver que estava nevando, à maneira da Europa Central. A neve caía pesada e molhada sobre Vilna, que havia muito tempo era chamada de Jerusalém da Lituânia, e que, no período entreguerras, era uma cidade provinciana polonesa. Flocos grandes e brancos de neve no ar que aterrissavam eram absorvidos pelo solo e evaporavam. Entre os edifícios barrocos e sobre as ruas estreitas e tortuosas, a neve caía espessa em flocos pesados e brancos, pousando nos ombros grossos das pessoas e em seus cabelos, que ficavam molhados. Do nada, as ruas estavam cheias de crianças em idade escolar que tentavam pegar os flocos de neve no ar. Elas de repente saíram para a rua, surgindo de aberturas pequenas e estreitas nas fileiras de casas, vestidas de uniformes escolares e com os livros em tipoias, das quais se livraram com pressa, deixando-as sobre cornijas, em nichos nas paredes e escadas, correndo depois para o meio da rua a fim de apanhar a neve com suas mãos ansiosas. Batiam palmas assim que pegavam a neve no ar, em ritmo acelerado, na vã esperança de pegar flocos o bastante para fazer uma bola de neve. Bjørn Hansen continuou a passar apressado pela cidade e viu esse teatro singular e repentino se desenrolar tão espontaneamente diante de seus olhos. Mais uma vez, chegou à antiga ponte de pedra sobre o rio Neris e a seu hotel retirado, o Lituânia, que se destacava do outro lado.

    Ele sacudiu a neve do cabelo, em forma de água, ao entrar na recepção do Hotel Lituânia. A recepção era profunda e escura, num estilo pomposo da década de 1960. Tapetes grossos no chão, pouca iluminação, e, bem no fundo, pequenas luzes piscavam de um balcão comprido. Diante dele, havia um grupo que cumprimentava afavelmente outro grupo com abraços e gestos exagerados. Bjørn Hansen correu até lá, já que conhecia os integrantes de um dos grupos. Pois era o grupo a que ele também pertencia e que naquele momento estava cumprimentando seus anfitriões lituanos. É que Bjørn Hansen estava em Vilna como membro de uma delegação. Fora selecionado para participar de uma delegação de funcionários municipais que visitariam a Lituânia para ensinar democracia aos lituanos. E agora estavam lá, cumprimentando aqueles que seriam treinados. Teriam debates e diálogos com os lituanos que foram escolhidos para preencher importantes cargos na administração pública local nessa ex-república soviética que agora se declarara independente. A intenção era que os noruegueses dariam algumas boas dicas aos lituanos sobre como a democracia local pode funcionar de forma sensata, para que a população local possa ser governada e ao mesmo tempo participar do governo. Numa delegação desse tipo não era de estranhar que houvesse um tesoureiro de uma cidade norueguesa e tampouco que esse tesoureiro fosse Bjørn Hansen, pois já ocupara tal cargo havia quase vinte anos e nesse período também exercera vários mandatos na Associação dos Tesoureiros Municipais da Noruega.

 A conferência começou logo depois dessa apresentação no saguão e se passou no próprio hotel onde os noruegueses estavam hospedados. Seguiram-se três dias de reuniões, interrompidas por passeios turísticos em Vilna e uma excursão de um dia pela Lituânia. Na última noite houve um jantar solene, antes do retorno da delegação norueguesa a Oslo. Sobre a conferência propriamente dita, Bjørn Hansen tinha pouco a dizer. Deveria ter estado um pouco indisposto, tanto em função da abundância de farras noturnas como em função dos próprios pensamentos. Mas notou, já desde o primeiro momento, que havia um ar peculiar nesse encontro entre administradores municipais noruegueses e lituanos. Os noruegueses eram idolatrados. Mais idolatrados do que ele na verdade apreciava, pois eram idolatrados não por causa de suas personalidades, mas por sua origem cobiçada. Os lituanos sonhavam em estar no lugar de Bjørn Hansen. Viam seus calçados como extremamente elegantes, não deixando de apontar para eles. E, portanto, Bjørn Hansen se sentiu estranho usando os próprios sapatos. Seu relógio também tinha uma aura de promessas. Olhavam para o portador deste como alguém que transmitia uma superioridade natural. Volta e meia lhe perguntavam que horas eram, mesmo que os lituanos também estivessem com relógios. Então Bjørn Hansen esticava o braço, olhava para seu relógio de pulso e dizia a hora que o mostrador indicava, em alemão. Mas os lituanos não escutavam, só *olhavam*, enfeitiçados, para aquilo que se revelava no pulso de Bjørn Hansen assim que puxava a manga da camisa para que o relógio ficasse à vista, um movimento natural que fizera milhares de vezes, sem que tivesse causado qualquer tipo de alvoroço antes. E não se tratava de pessoas ignorantes do povão lituano, descendentes diretos de servos afásicos. Eram pessoas com formação superior que foram escolhidas a dedo para ser líderes locais na nova Lituânia. Representavam a espinha dorsal da nova Lituânia. E Bjørn Hansen não era o único a ser objeto de sua admiração infinita pelo simples motivo de que andava por aí com sua própria roupa. A delegação norueguesa inteira passou pela mesma coisa. E já que era constituída por chefes municipais bastante modestos, alguns diriam bastante apagados, entre os quais, poucos, se é que havia algum, poderiam ser considerados elegantes no modo de se vestir, não era de estranhar que o clima na delegação norueguesa ficasse um tanto animado, e que, inevitavelmente, muitos se sentissem extremamente lisonjeados. Para Bjørn Hansen, no entanto, isso o fez entender que o plano com que viera à Lituânia a fim de colocar em prática não teria como falhar.

Portanto ele saiu do hotel já antes do café da manhã no segundo dia e chamou um táxi. Estava ansioso, mas calmo. Pediu que o táxi fosse até o maior hospital de Vilna. O problema era encontrar o homem certo, se o achasse, tudo seria automático. O dr. Schiøtz lhe dera algumas boas dicas referentes a como proceder, que tipo de especialista deveria procurar e em que nível da hierarquia este deveria se encontrar, e, depois de o táxi parar na frente de um complexo hospitalar gigantesco, ele conseguiu, por meio de um dicionário alemão-lituano, chegar até o dr. Lustinvas.

Ele disse ao dr. Lustinvas que seu propósito possivelmente pareceria um pouco esquisito ao médico, mas pediu permissão para dar uma explicação por extenso sobre a razão por que o havia procurado. O dr. Lustinvas fez um gesto com a cabeça, convidando-o a falar. Era um homem de trinta e poucos anos, vestido da mesma forma que os médicos se vestem no mundo inteiro, com um jaleco branco. Bjørn Hansen apresentou seu propósito. Em momento algum, enquanto explicou os serviços que desejava que o médico realizasse, este demonstrou qualquer sinal de alteração. Não ficou boquiaberto nem franziu as sobrancelhas. Embora aquilo lhe parecesse completamente insano, dava a impressão de total imperturbabilidade, de certa indiferença até. Para ele, não importava. Ele escutou, e assim que Bjørn Hansen terminou, encolheu os ombros dizendo que se realmente era o caso que o sr. Hansen desejava isso, não havia, a seu ver, qualquer impedimento grave para sua realização. No entanto, acrescentou, esse tipo de procedimento naturalmente não era de graça, algo de que o sr. Hansen com certeza tinha consciência. A única coisa que queria saber era se o sr. Hansen estava ciente de que precisava pagar os honorários em espécie, pois francamente esperava que o sr. Hansen tivesse se dado conta desse fato específico antes de sair de seu país de origem para ir até lá e que tivesse tomado as devidas providências. Já que Bjørn Hansen podia confirmar isso, o dr. Lustinvas fez um gesto com a cabeça, indicando que estava satisfeito com seu novo paciente. Mas quando Bjørn Hansen citou o valor que estaria disposto a pagar, o dr. Lustinvas teve um sobressalto. Será que estava escutando direito? Será que realmente era possível? Esse homem do Ocidente estava lhe oferendo dez mil dólares? Por uma coisa de nada? O dr. Lustinvas repetiu o valor: Dez mil dólares? Em espécie? Bjørn Hansen confirmou. O dr. Lustinvas se levantou e estendeu a mão a Bjørn Hansen. Estava visivelmente emocionado e, apesar de tentar escondê-lo, não o conseguiu totalmente. A mão do dr. Lustinvas estava tremendo.

 Depois dessa conversa, durante a qual Bjørn Hansen pagara um sinal de mil dólares e eles prepararam os passos a seguir com tranquilidade, Bjørn Hansen voltou ao hotel e à conferência. Chegou exatamente na hora do almoço. Ninguém estranhara sua ausência na parte da manhã, porque a noite anterior tinha sido regada a muita bebida, e os participantes lituanos em especial lhe deram as boas-vindas em tom jocoso quando enfim compareceu. Em seguida, participou 100% do resto da conferência, tanto das reuniões propriamente ditas, quanto dos passeios turísticos, jantares e outros eventos sociais, se empenhando para esconder o fato de que estava com a cabeça em outro lugar. Bebia com moderação, mas aproveitava o pouco que tomava de forma prodigamente embriagada. Na última noite, depois do jantar solene no salão de festas do hotel, os festejos continuaram no bar do hotel e na sala contígua. Estava na hora da confraternização, e Bjørn Hansen confraternizou com prazer. Foi convidado para o quarto de um dos lituanos para, na companhia de muitos outros, continuar a confraternização, algo que ele, sob circunstâncias normais, não teria rejeitado. Mas dessa vez disse que subiria um pouco mais tarde, primeiro precisava tomar um ar. A última parte ele disse com um sorriso torto e uma voz levemente balbuciante, que levaram os outros a entender que de fato precisava de um ar fresco já. Então vestiu o casaco, entregou a chave na recepção, conforme o costume, e saiu naquele fim de noite de janeiro. Tão logo soube que não podia mais ser visto do hotel, ele se endireitou e caminhou pelas ruas com passos firmes e ágeis. Estava nevando. A mesma neve da outra vez. Flocos pesados e brancos de neve sobre a escassamente iluminada cidade europeia de Vilna. Ele chegou ao hospital, onde o dr. Lustinvas o recebeu na escadaria.

 Foi conduzido para dentro do hospital e, por escadas de serviço, até um quarto onde havia uma cama. Era seu quarto, um quarto privativo. O dr. Lustinvas o deixou sozinho enquanto se preparava. Ele se despiu e pendurou a roupa num armário alto do quarto espartanamente mobiliado. Em seguida se deitou na cama. Depois de um tempo, o dr. Lustinvas entrou, acompanhado de duas enfermeiras. Sob a supervisão do dr. Lustinvas, Bjørn Hansen foi enfaixado e engessado de acordo com as regras clínicas aplicáveis a um caso como esse.

 Causou preocupação o fato de Bjørn Hansen não ter dado as caras na manhã seguinte. Nem no café da manhã nem quando a delegação norueguesa se reuniu na recepção antes da partida para o aeroporto. Sua mala tampouco se encontrava entre as bagagens da delegação norueguesa, que estavam amontoadas na recepção, sendo vigiadas por um atendente do guarda-volumes.

 Uma investigação na recepção deu como resultado que a chave entregue por Bjørn Hansen na noite anterior não havia sido pega depois. Entraram no quarto dele, o qual se encontrava vazio no que dizia respeito a ele, mas não no que dizia respeito a seus pertences. Então telefonaram para o aeroporto perguntando se estava lá, na hipótese de que, por algum motivo obscuro, tivesse ido diretamente para lá sem se dar ao trabalho de levar sua bagagem. A essa altura, estavam começando a ficar seriamente preocupados. O ônibus para o aeroporto já estava esperando, mas nada de Bjørn Hansen ser localizado. Então chegou um membro muito abalado da delegação lituana e chamou o líder da delegação norueguesa de lado. Pôde informar que recebeu notificação do hospital de que Bjørn Hansen estava internado lá, depois de ter sofrido um acidente de trânsito, e que tinha sido operado em consequência dos ferimentos sofridos. Seu estado era grave, mas não corria risco de morte.

E agora? O voo sairia dentro de instantes, estava mais do que na hora de ir para o aeroporto, mas será que poderiam simplesmente ir embora e deixar Bjørn Hansen num hospital lituano, gravemente ferido? Talvez um ou dois deles devessem ficar para lhe dar apoio? O líder da delegação lituana garantiu que isso não seria necessário, em primeiro lugar porque demoraria muito até ele poder desfrutar da companhia de alguém, e, em segundo lugar, porque estava nas melhores mãos. Caso algo acontecesse, a embaixada em Varsóvia já fora avisada. Um dos secretários da embaixada iria visitá-lo assim que o momento fosse propício. Isso tranquilizou os membros da delegação norueguesa o suficiente para que retornassem todos juntos na hora programada.

Bjørn Hansen ficou internado no hospital de Vilna durante várias semanas. Era o paciente do dr. Lustinvas, e ninguém podia se aproximar dele sem a permissão do dr. Lustinvas. Às vezes, o dr. Lustinvas o visitava com outros médicos, então eles ficavam em pé no meio do quarto, e ele ouvia o dr. Lustinvas falar em voz baixa com os outros. De resto, o dr. Lustinvas às vezes fazia visitas acompanhado de um grupo de enfermeiras em fila indiana, feito uma pequena procissão, e então a parada no quarto do enviado do Ocidente era apenas parte de uma rodada geral de visitas. Uma vez por dia, uma enfermeira trocava as ataduras e aplicava pomadas escrupulosamente. Eram duas enfermeiras que se revezavam nessa tarefa, as mesmas que, na primeira noite, o enfaixaram e engessaram. Eram jovens e bonitinhas e cuidaram dele com toda a consideração possível. Às vezes falavam com ele em lituano e sorriam para ele ao perceber que não entendia uma única palavra. De vez em quando vinham as duas, na companhia do dr. Lustinvas, e aí ele ouviu que falavam sobre ele, entre si, e as duas pareciam pesarosas. O dr. Lustinvas era capaz de se aproximar de sua cama e ficar olhando para ele com ar preocupado. Ou se sentava a seu lado, pegava sua mão para sentir o pulso e auscultava seu coração com um estetoscópio. Todos os dias, atualizava as curvas num diagrama que estava pendurado na parede sobre sua cama.

    Um dia o dr. Lustinvas lhe deu uma injeção que o deixou num estado de sonolência agradável. Logo depois, o dr. Lustinvas voltou com um senhor que, pelo que Bjørn Hansen ouviu, falava norueguês, mas infelizmente ele estava tão sonolento que não compreendeu direito o que o homem disse, ou queria. Mais tarde, no entanto, o dr. Lustinvas contou que fora o secretário da embaixada da Noruega em Varsóvia, apontando para a mesinha de cabeceira primitiva ao lado da cama de Bjørn Hansen, onde havia flores e bombons. A próxima vez que o secretário viesse, Bjørn Hansen provavelmente estaria melhor, e então ele traria uma pilha de jornais noruegueses e outros materiais de leitura.

    O dr. Lustinvas o tratou com grande respeito e com competência médica consumada. Bjørn Hansen também desconfiou que não lhe serviam as refeições hospitalares comuns, senão um cardápio VIP, pois ninguém podia botar defeito na comida. O dr. Lustinvas alternava entre lhe dar palavras de incentivo e lhe mostrar compaixão. No dia em que o médico chegou com a notícia de que aquilo que acon-

tecera era irremediável, no sentido de que teria de encarar o fato de que passaria o resto da vida numa cadeira de rodas, ele segurou suas mãos enquanto falou. Sentara-se bem ao lado de Bjørn Hansen, sim, havia mudado a cadeira, que já estava rente à cama, posicionando-a exatamente de tal forma que, ao se sentar nela, ficou cara a cara com seu paciente. Naquele dia também trouxe uma procissão de enfermeiras. Estavam enfileiradas ao longo da parede enquanto ele deu essa notícia irrevogável a Bjørn Hansen, e elas estavam com caras profundamente sérias, olhando para o nada, muito entristecidas, incluindo as duas que o receberam na primeira noite e que em seguida tinham se revezado para cuidar dele. Estavam ali no fundo como um coro grego de lamentações, embora vestidas de branco.
  Ele recebeu visitas. Primeiro, do líder da delegação lituana, que morava em Vilna, e, mais tarde, do secretário da embaixada da Noruega em Varsóvia. Durante ambas as visitas, o dr. Lustinvas esteve presente, e, quando o lituano estava lá, ele muitas vezes tomava a palavra, contando algo ao compatriota em sua língua comum, provavelmente sobre o acidente e suas consequências para o paciente norueguês. Enquanto o secretário da embaixada estava lá, o dr. Lustinvas não disse nada, mas ficou presente o tempo todo, nos bastidores. Esse último encontro, no entanto, correu sem problemas, eles falaram de tudo e de nada, e era evidente que o secretário da embaixada também não tinha vontade de tocar diretamente no assunto do motivo por que Bjørn Hansen se encontrava naquele hospital em Vilna.
  Ele era o paciente particular do dr. Lustinvas, que o médico protegia com zelo. Volta e meia este aparecia na cabeceira de Bjørn Hansen, muitas vezes sozinho. Então se sentava e olhava para ele. Perguntava como estava e se tinha alguma reclamação do tratamento. De repente, poderia começar a falar sobre si mesmo. Sobre ser lituano e católico. Sobre as estepes lituanas, que foram as paragens de sua

infância. Sobre seu ódio aos russos e ao comunismo, ainda que lhes tivesse muito a agradecer. Sem eles, não seria médico, mas alguém que labutava na terra. Sem eles, Vilna tampouco seria a capital da Lituânia, mas uma cidade na Polônia. Amanhã, Vilna talvez torne a ser uma cidade na Polônia. Isso depende dos alemães. Migramos muito e vamos continuar a migrar. Talvez até as margens do Dnieper outra vez, quem sabe? Se a Alemanha quiser Stettin e Breslau, Königsberg, Danzig e Memel de volta, então a Polônia vai querer Vilna de volta, e vamos ser obrigados a migrar para o leste. Mas eu vou me virar, acrescentou o dr. Lustinvas, pois Deus está por trás de tudo. Ele disse a seu paciente. Esse homem estranho do rico Ocidente que estava estirado numa cama, enfaixado e engessado segundo todas as regras da arte. Um homem por quem chorar, se você se sentasse a sua cabeceira e pensasse no que havia acontecido, e do ponto de vista do próprio paciente. Mas o dr. Lustinvas não pensava nisso. Era muito vago quando tocava nesse tipo de assunto. No entanto, gostava de sentar ao lado da cama de Bjørn Hansen. Bjørn Hansen imaginou que as duas enfermeiras bonitinhas com certeza foram iniciadas no caso, eram cúmplices. De resto, ninguém mais precisava saber de nada. Somente o dr. Lustinvas e as duas beldades de cabelos escuros e trajes de enfermeira.

    O dr. Lustinvas ficava à cabeceira desse homem estranho que sem dúvida tinha transformado a vida do médico. Talvez fosse por isso que vinha com tanta frequência, para ficar perto desse homem, que lhe tinha possibilitado uma vida totalmente nova, um futuro com o qual nem tivera coragem de sonhar, antes de Bjørn Hansen aparecer. Dez mil dólares caíram do céu bem no colo do dr. Lustinvas. Um homem rico que tivera uma ideia maluca surgiu em sua vida. Esse homem enfaixado e engessado do Ocidente era um presente de Deus para o dr. Lustinvas, e o médico também tratava Bjørn Hansen assim. Em algum momento o dr. Lustinvas vai ter que se confessar, pensou Bjørn Hansen, não o deve fazer antes de eu ter ido embora, mas será que então vai se referir a isso como um pecado que cometeu ou como um milagre imerecido que surgiu em seu caminho de vida e o abençoou? E as duas enfermeiras bonitinhas tratavam Bjørn Hansen da mesma forma. Com grande respeito e muita consideração. Um dia, o dr. Lustinvas entrou com uma cadeira de rodas no quarto de Bjørn Hansen, seguido de perto pelas duas enfermeiras. As duas acomodaram Bjørn Hansen na cadeira, e depois de o dr. Lustinvas o ter instruído sobre seu uso, além de, em termos vagos, lhe ter dado algumas boas dicas sobre como um homem paralítico de fato se comporta, tanto ao ser posto numa cadeira de rodas quanto ao estar sentado nela, as duas enfermeiras levaram Bjørn Hansen para o corredor e o posicionaram numa varanda coberta. Aí Bjørn Hansen pôde constatar que já era primavera na Lituânia. Os pássaros cantavam e as folhas estavam brotando nas árvores. Logo, ele iria embora do hospital e de Vilna. Passou mais uma semana lá, na maior parte preenchida por esforços para se acostumar a ficar sentado na cadeira de rodas; ele passeava muito pelo corredor, ou ficava sentado na varanda coberta, com uma manta sobre os joelhos. Enquanto estava sentado assim, o dr. Lustinvas às vezes aparecia e se sentava ao lado dele, falando sobre o que significava ter nascido na Lituânia. Trazia um desgastado álbum de fotografias e lhe mostrava fotos. De seu pai, o colcoziano. Da mãe, uma camponesa lituana gorda. De seus três irmãos e de sua irmã. Da irmã, ele viu um medalhão, pois ela estava morta, havia falecido aos dezesseis anos de idade, e, portanto, sua imagem estava dentro de um medalhão que o dr. Lustinvas levava numa corrente ao pescoço. Viu fotos do dr. Lustinvas como criança, como jovem, como universitário e como médico recém-formado. De dona Lustinvas e das duas crianças. Fotografadas dentro de um apartamento apertado, mobiliado em excesso. A dona Lustinvas também era médica. No mesmo hospital. Uma pena que o senhor não a tenha conhecido, disse o dr. Lustinvas. As duas crianças tinham seis e oito anos de idade. Todas as fotos eram tipicamente empalhadas, montadas. Você estava no fotógrafo, mesmo que o fotógrafo fosse o pai (das crianças), o marido (da dona Lustinvas) ou o filho (do pai e da mãe). Até os interiores pareciam empalhados, com todos os objetos amontoados sobre a decrépita mesa de jantar, em torno da qual a família Lustinvas estava sentada, com a exceção do dr. Lustinvas, que tirava a foto. O dr. Lustinvas sonhava com a Pax Romana. Uma paz para os lituanos dentro das muralhas do novo Sacro Império Romano-Germânico. Que seria capaz de conter a expansão alemã ao longo da costa báltica e até a linha Oder-Neisse, e onde os poloneses, os lituanos e os bielo-russos poderiam viver em paz eterna. Com os russos como bárbaros do outro lado da nova muralha romana. Os filhos do dr. Lustinvas estavam sentados à mesa olhando para Bjørn Hansen. Dona Lustinvas olhava para ele. O dr. Lustinvas como jovem universitário olhava para ele. Estava com o braço sobre o ombro de um colega, e os dois olhavam para ele, inescrutáveis. Vovó Lustinvas olhava para seu filho, que voltara ao campo como médico recém-formado com uma máquina fotográfica para retratar sua mãe, e, por esse intermédio, ela olhava para ele, o homem do Ocidente. Sobre as relações de família de Bjørn Hansen, o dr. Lustinvas não fez nenhuma pergunta. Ele era do outro lado e não tinha nenhuma história. Era de fora, rico e desconhecido, procurou o dr. Lustinvas pedindo um favor e assim transformou a vida do dr. Lustinvas, e agora ele próprio, por algum motivo insondável, estava numa cadeira de rodas feito um aleijado. O dr. Lustinvas não tinha pergunta alguma a fazer. Nem mesmo sobre o mundo rico de onde vinha o dr. Lustinvas fez qualquer pergunta.

Então Bjørn Hansen teve alta. Foi levado para o

consultório do dr. Lustinvas, onde recebeu uma série de documentos assinados e carimbados, que descreveram detalhadamente sua internação no hospital de Vilna. Em seguida, foi transportado para o aeroporto. Foi levado para dentro do saguão de embarque pelas duas enfermeiras de cabelos escuros. Elas andavam lado a lado atrás da cadeira de rodas, ambas segurando a manopla, enquanto o empurravam para a frente em direção ao guichê de check-in. Então uma delas foi fazer seu check-in, enquanto a outra ficou aguardando atrás da cadeira de rodas. Em seguida, levaram-no para a Imigração e a sala de embarque internacional, andando sempre lado a lado como duas irmãs, atrás dele. No Serviço de Imigração, uma aeromoça da SAS o aguardava. As duas enfermeiras lituanas deixaram a cadeira de rodas com essa mulher, que então seria responsável pelo transporte a seguir. Mas antes de entregá-lo à aeromoça as duas se inclinaram, primeiro uma, depois a outra, e o abraçaram enquanto desataram a chorar.

Foi tão inesperado, tanto para a aeromoça desinteressada da SAS, que recuou um pouco, quanto para Bjørn Hansen, que se encolheu, apreensivo com a perspectiva de ser conduzido pela imigração e pelos longos corredores até a aeronave. Mas também com o que viria depois. No entanto, a aeromoça pegou a manopla da cadeira de rodas e o levou pela imigração, passando por uma porta que logo se fechou, e já que ele estava com o olhar voltado para a frente e não poderia se virar, não viu mais as duas enfermeiras que estavam lado a lado, vendo-o desaparecer pela porta automática e entrar em seu próprio mundo, que elas nem sequer viram de relance antes de a porta se fechar.

No avião, ele foi colocado no fundo, ao lado de um assento individual que era reservado para a tripulação, onde a mesma aeromoça se sentou e, com uma das mãos, segurou a manopla da cadeira de rodas durante a decolagem. Ele sacudiu a cabeça quando vieram com os carrinhos de comidas e bebidas, aliás, era a aeromoça "dele" quem cuidava do serviço de bebidas nessa parte da aeronave. Ficou olhando para o nada, encolhido, imerso em seus pensamentos. Estava voltando para casa. Sentia o maior medo que já sentira, também de que esse medo fizesse seu corpo inteiro tremer. Estava com medo de que não conseguisse realizar seu projeto. Estava sentado lá em cima na atmosfera, em algum lugar sobre a Europa. Dentro de uma fuselagem apertada, comprida, bem lá no fundo. Estava encolhido, numa cadeira de rodas, olhando sorumbaticamente para o nada. Assim que a aeronave iniciou a descida para o pouso, a aeromoça se sentou na cadeira vaga ao lado dele e segurou a manopla da cadeira de rodas com a mesma firmeza de antes. No aeroporto de Kastrup, ele foi entregue a outra aeromoça para a última perna da viagem, entre Copenhague e Oslo. Em Fornebu, o pessoal de uma ambulância do hospital de Kongsberg assumiu a responsabilidade. Estavam à sua espera, quando a aeromoça saiu com ele pela porta que dá para o saguão aberto, cujas altas vozes norueguesas recepcionam quem sai da sala de desembarque internacional, logo depois da alfândega. Dois homens vestidos de branco, que prontamente tomaram conta dele.

    A primavera havia chegado à Noruega, mas estava friozinho, foi o que percebeu durante o breve deslocamento da porta de saída até o local onde a ambulância estava estacionada. Era meados de abril, e terça-feira da Semana Santa, dois dias antes da Quinta-Feira Maior, pois a Páscoa veio tarde esse ano. Ele tinha passado oito semanas fora. A ambulância foi para Kongsberg via Drammen e Hokksund. Não é que sempre gostou das paisagens norueguesas, incluindo a paisagem ao longo do rio de Drammenselva, entre Drammen e Hokksund, e aquela entre Hokksund e Kongsberg, com seus campos planos e colinas íngremes? Os dois homens vestidos de branco estavam no banco da frente, explicando um para o outro o que iriam fazer na Páscoa, enquanto Bjørn

Hansen ficou atrás, em sua cadeira de rodas, encolhido como antes. Assim que chegaram ao hospital de Kongsberg, tiraram-no da ambulância ainda sentado na cadeira de rodas e o levaram diretamente até o dr. Schiøtz, que o aguardava. O dr. Schiøtz o recebeu à maneira do médico experiente. Gentil e distanciado. No consultório, havia também uma enfermeira, que era sua ajudante. Por exemplo, ela ajudou a transferir Bjørn Hansen da cadeira de rodas para a mesa de exames. "Minhas pernas murchas", pensou Bjørn Hansen, lembre-se disso. Mas foi o dr. Schiøtz quem realizou o exame, a enfermeira nunca estava em contato direto com o corpo de Bjørn Hansen. Depois do exame, Bjørn Hansen foi levado para o departamento de radiografia, e o dr. Schiøtz o acompanhou. O próprio médico tirou as imagens de raios X e virou Bjørn Hansen de bruços sozinho, sem ajuda, e depois ficou lá aguardando as imagens reveladas, enquanto Bjørn Hansen foi levado de volta para o consultório do dr. Schiøtz. Então ficou a sós com a enfermeira, mas eles não conversaram. Ele ficou deitado na maca de olhos fechados e coberto por um lençol, até o dr. Schiøtz retornar, com as radiografias na mão. Ele parecia preocupado. Acenou para a enfermeira, e juntos ajudaram Bjørn Hansen a sair da mesa de exames e se acomodar na cadeira de rodas de novo. "Minhas pernas murchas", pensou Bjørn Hansen. O dr. Schiøtz mandou a enfermeira sair, sob o pretexto de buscar alguns papéis, para que os dois pudessem ficar sozinhos, algo que a enfermeira compreendeu.

    Com um ar de preocupação, e numa voz gentil e baixa, infundida de compaixão, o dr. Schiøtz explicou que os exames que acabara de realizar confirmavam por completo o diagnóstico feito em Vilna, uma cópia do qual o hospital de Kongsberg havia recebido. Portanto, Bjørn Hansen precisaria encarar a situação como homem, pois outra coisa não era possível. O dr. Schiøtz sabia que era doloroso ter de aceitar que a esperança já se perdera, mas era só o que podia fazer. O dr. Schiøtz compreendia perfeitamente que Bjørn Hansen agora afundaria num estado de autocomiseração, talvez durante meses. Fazia parte da natureza humana, mas mesmo assim esperava que Bjørn Hansen aos poucos chegasse a perceber que a vida deveria e poderia continuar, com ele como participante, numa sociedade que, apesar de tudo, investia muitos recursos em proporcionar uma vida plena aos deficientes físicos.

Desesperado, Bjørn Hansen tentou conseguir fazer contato visual com o médico. Procurou o olhar lá dentro. Ele mesmo estava com os olhos bem abertos, cravando-os nos olhos do dr. Schiøtz, os olhos eternamente distantes, que permaneciam distantes, e que não deixavam as olhadelas de Bjørn Hansen atingi-los, já que ele só desviava o olhar conforme Bjørn Hansen o procurava. Ouviu o médico toxicodependente falar que a sociedade faria tudo em seu poder para dar uma vida boa a Bjørn Hansen. Disse saber que Bjørn Hansen estava passando por um momento difícil, mas fique sabendo que, nessa hora, nós outros faremos tudo a nosso alcance para lhe dar apoio e ajuda, e, ao dizer isso, voltou os olhos para o homem na cadeira de rodas, fitando-o com um olhar distante, mas gentil, que não revelava nada daquilo que eles compartilhavam, e de que o dr. Schiøtz poderia livrá-lo sem que lhe custasse nada. Bjørn Hansen olhou bem nos olhos do médico amigável, que retribuiu esse olhar com a mesma gentileza imperturbável. Houve uma batida leve na porta, e a enfermeira entrou, deixando na mesa do médico uma pilha de papéis a serem preenchidos. Algo que então foi feito.

    Ele foi transportado para seu próprio apartamento. E instalado ali. Ficou sozinho. Bjørn Hansen estava numa cadeira de rodas em seu apartamento. Passado algum tempo, tocou a campainha, e Bjørn Hansen, de cadeira de rodas, foi abrir. Não era muito simples. Primeiro, precisava abrir a fechadura, deixando a porta entreaberta, antes de virar a cadeira de rodas e recuar para dentro do apartamento a fim de que a pessoa do lado de fora tivesse espaço para abrir a porta e entrar. Era a enfermeira domiciliar. Uma mulher simpática de sessenta e poucos anos que viera ajudá-lo.

Ela perguntou o que ele queria para o jantar, e já que ele não conseguiu pensar em nada em especial, ela deu um sorriso sabido e disse que então compraria algo de que ela mesma gostava. Voltou com uma sacola cheia de compras, que ele pagou. Serviu-lhe salmão com salada de pepino. Enquanto ele comeu, ela deu uma ajeitada no apartamento. Tinha comprado flores e enfeites. Pintinhos amarelos de Páscoa, os quais colocou nas mesas e prateleiras. Dez tulipas amarelas, as quais colocou em duas floreiras, uma na mesa de centro e uma no peitoril. Ao lado do prato dele, deixou um guardanapo amarelo flamejante. Agora podiam tocar os sinos da Páscoa, disse ela. Depois de ele terminar sua refeição, ela pegou o prato, o copo e os talheres e lavou a louça. Em seguida, foi embora.

  Ele estava na cadeira de rodas, num apartamento recém-limpo (Mari Ann) e arrumado e enfeitado. O filho não estava ali, mas ele tinha deixado uma carta. Nela, escreveu que tinha encontrado outra acomodação, já que isso era mais prático. Afinal, nunca fora a intenção morar mais tempo com o pai do que o necessário, ou seja, até arranjar outro quarto para alugar. Agora tinha conseguido um, numa área residencial um pouco fora do centro da cidade, no porão de uma casa grande, onde tinha uma quitinete com entrada separada. Por sinal, visitaria o pai algum dia durante a Páscoa, já que não ia viajar, senão ficar em casa estudando. Abraços, Peter.

  Todos os dias da Páscoa, uma enfermeira domiciliar veio fazer comida para ele, cuidar dele e ajudá-lo com o que precisava, eram duas que se revezavam agora na Semana Santa, depois do feriado, conheceria ainda outras. Elas tinham ganhado uma chave e entravam no apartamento sozinhas. Já antes do fim da Páscoa, insistiram em que Bjørn Hansen tentasse participar na preparação da comida, segundo elas era melhor assim, é preciso tentar fazer o máximo possível por si só, é para seu próprio bem, ser autossuficiente é uma fonte de fé na vida, disseram.

    Um dia a campainha tocou. Duas vezes, mas Bjørn Hansen não abriu. Por algum motivo se convenceu de que era Turid Lammers, alguém que ele não queria ver. Não a tinha visto durante os cinco anos que se passaram desde que saiu do Casarão Lammers, com a exceção de algumas vezes a uma longa distância, e então ele tinha dado meia-volta ou mudado de direção. Ela tampouco o tinha procurado, mas mesmo assim, na hora que a campainha tocou, lhe veio a ideia de que poderia ser Turid Lammers. Com certeza estava movida por uma necessidade interna de vê-lo, com os próprios olhos, sentado agora numa cadeira de rodas. Então poderiam se reconciliar, ela com sua compaixão, e ele com sua catarse. Faria tudo que estivesse em seu poder para não ser visto, e para evitar falar com Turid Lammers na condição externa em que se apresentava agora. Mas não precisava ter sido Turid Lammers que tocou a campainha. Poderia ter sido Herman Busk, por exemplo. Só que Bjørn Hansen não quis abrir nem para ele. Agora não. Ainda não.

    No entanto, não fora Herman Busk. Ele ligou logo depois da Páscoa, e estivera viajando naquela altura. Queria dar uma passada para visitar Bjørn Hansen, mas Bjørn Hansen lhe disse a verdade, que não aguentava visitas ainda, primeiro tinha de ficar mais forte, e Herman Busk compreendeu isso. No entanto, uma semana mais tarde ele ligou outra vez e, depois, aproximadamente uma vez por semana no tempo que se seguiu. Mas Bjørn Hansen relutou em encontrá-lo, ainda que por razões totalmente diferentes das que tinha para evitar ser visto por Turid Lammers.

    Algum tempo depois da Páscoa, ele passou pelas ruas de cadeira de rodas até a prefeitura, onde ficava a tesouraria.

Não teve nenhum problema de se locomover pelas ruas de Kongsberg de cadeira de rodas, nem física, nem emocionalmente, cumprimentou alguns conhecidos a distância, e eles retribuíram a saudação, da forma mais natural que conseguiram. Na prefeitura, ele conseguiu entrar no térreo, mas não subir para o primeiro andar, onde ficava a tesouraria. Em vez de fazerem o esforço de carregar a cadeira de rodas com ele dentro até o primeiro andar, os subalternos desceram para o térreo, onde ele mesmo manobrou para dentro da sala atrás do balcão de informações. Ali, lhe serviram café e também pãezinhos e folhados doces, que o mais novato foi encarregado de comprar às pressas. Disseram que ele estava com uma cara boa.

 Na hora em que estava prestes a dizer adeus e sair para a rua outra vez, o vice-prefeito apareceu, e então os dois tiveram uma conversa, enquanto os outros funcionários da tesouraria voltaram ao seu trabalho. Depois de um bate-papo mais geral, durante o qual o vice-prefeito indagou demoradamente se seu bom humor continuou intato (pô, nunca me destaquei por meu bom humor aqui na prefeitura, pensou Bjørn Hansen emburrado), ele enfim chegou ao ponto. Sobre o que aconteceria quando o período da licença médica terminasse. O vice-prefeito imaginava que Bjørn Hansen então solicitaria a pensão por invalidez, de modo que pudessem desde já tomar as medidas para nomear o novo tesoureiro. Na opinião do vice-prefeito, Jorunn Meck se destacava como uma candidata muito interessante, o que Bjørn Hansen achava disso? Bjørn Hansen ficou pasmado. Não tivera a intenção de renunciar ao cargo de tesoureiro, pelo contrário, tinha dado por certo que continuaria como antes, afinal, não havia nenhum impedimento para isso, fora algumas medidas práticas quanto à locomoção do térreo para o primeiro andar. Mas para o vice-prefeito parecia praticamente ponto pacífico que Bjørn Hansen deixaria o cargo de tesoureiro agora que se tornara incapacitado. No entanto, achava que não precisava ficar totalmente sem contato com o pessoal da prefeitura. – Gostaríamos de poder contar com sua competência como consultor externo – disse. E Bjørn Hansen não falou nada. Se fosse deficiente de verdade, teria protestado rispidamente, mas agora não, não tinha forças para tanto. Com a cabeça um pouco atordoada, saiu da prefeitura e conduziu a cadeira de rodas pelas ruas rumo a seu apartamento do outro lado da ponte de Nybrua.

Em casa. Dentro de seu próprio apartamento. Numa cadeira de rodas. O ex-tesoureiro de Kongsberg. Aos 51 anos. Os dias passam. O tempo passava. O serviço de enfermagem domiciliar estava muito contente com ele. Elogiavam sua atitude positiva. Ele mostrava grande disposição para lidar com os pequenos desafios do cotidiano por conta própria e, dentro de um período surpreendentemente curto, foi capaz de fazer as compras sozinho, preparar comida sozinho, lavar louça, lavar roupa (com a exceção de peças difíceis de manusear, como roupa de cama etc.). Para a assistente domiciliar sobrava então apenas a limpeza (Mari Ann tinha saído, ela se formaria no ensino médio naquele semestre) e a lavagem da roupa mais pesada, que era entregue aos cuidados de um ajudante que vinha uma vez por semana. No entanto, o serviço de enfermagem domiciliar fazia uma visita diária. Para conferir como ele estava, ver se precisava de ajuda com alguma coisa, algo que às vezes acontecia. Por exemplo, para pegar um livro nas prateleiras mais altas das estantes. Ou algo poderia ter ocorrido com ele deixando-o num estado vulnerável. Os dias passavam. O tempo passa. O ponto alto do dia era a expedição até o supermercado para fazer compras. Primeiro, a operação trabalhosa para atravessar a porta de seu apartamento. Depois, entrar no elevador e então sair dele. Em seguida, era a questão de conseguir passar pela porta da frente do prédio e, literalmente, deslizar pela rua até o supermercado. Lá dentro estava fresco, e o piso era plano e confortável para a cadeira de rodas. De manhã, tinha pouca gente, e ele ficava quase sozinho entre as montanhas de mercadorias. Rodava entre elas como no meio de uma rua, com aglomerações gigantescas de, por exemplo, pasta de dentes, detergente em pó, laranjas, salame, queijo, leite, maçãs verdes, maçãs vermelhas e hambúrgueres, dos dois lados da rua. Ele levava um bom tempo lá dentro, poderia gastar mais de uma hora até, enquanto passava para a frente e para trás nas ruas do supermercado, pegando o que precisava. Chegou a conhecer os funcionários muito bem, tanto as mulheres do caixa como aqueles que corriam para lá e para cá, constantemente abastecendo as prateleiras com novos tomates, almôndegas, creme de leite, amaciante. Teve a impressão de que gostavam dele. Era uma espécie de deficiente digno. Não importunamente barulhento ou prazenteiro. Não afundado em sofrimento. Mas com uma conduta sempre afável e resignada.

 Também acontecia de ele dar uma passada até Lågen, espraiando o olhar pelo rio. Ou então passeava pelas ruas da cidade. Nessas ocasiões, muitas vezes batia um papo com velhos conhecidos, que pareciam aliviados porque aceitara seu destino com tanta compostura. Será que ficava com vergonha por causa disso? Não, observava suas reações com um distanciamento inefável. Mais ou menos como quando o filho foi lhe fazer uma visita, logo após a Páscoa. Se a campainha tocava, agora, ele abria a porta. A essa altura, considerava a possibilidade de Turid Lammers estar do outro lado como infundada. E Herman Busk não faria isso. Com ele, Bjørn Hansen falava ao telefone. Então poderia interromper a conversa se algo viesse à tona dentro dele que o impedisse de continuá-la. Do lado de fora da porta, às vezes havia alguém vendendo rifa, uma criança. Caso contrário, era o serviço de enfermagem domiciliar, uma de três mulheres, ou o assistente domiciliar, um negro de trinta e poucos anos, que vinha uma vez por semana. Ele temia ser desmascarado? De jeito nenhum. Seu caso era incrível demais. Não precisava ficar tenso quando recebia a visita do serviço de enfermagem domiciliar, perguntando a si mesmo se estava se comportando corretamente o tempo todo. Mesmo que ficasse entusiasmado, ou incauto, fazendo movimentos que uma enfermeira formada sabia serem incompatíveis com um homem que era paralisado do quadril para baixo, ela não o teria notado. Porque para ela, a possibilidade de que ele faria isso era inexistente, tanto que se ela tivesse visto alguma coisa, não o teria visto mesmo assim. Até se ela o visse se soerguer da cadeira de rodas para pegar um livro na estante, não teria acreditado no que via. Ele tinha certeza absoluta disso.

Era o dr. Schiøtz quem estava por trás das providências que agora possibilitavam que ele vivesse uma vida sem o mínimo receio de ser desmascarado. Foi ele quem lhe explicou que não tinha nada a temer, nem mesmo durante o primeiro exame no hospital, quando o dr. Schiøtz fria e calmamente deixou uma enfermeira o auxiliar. A enfermeira, de fato, não desconfiou de nada, embora tivesse ajudado a transferir o tesoureiro municipal da cadeira de rodas para a mesa de exames, e, ainda que Bjørn Hansen na ocasião tivesse se concentrado intensamente para simular um paraplégico, ele não deixava de ser um amador nessa área e poderia facilmente ser desmascarado pelo olhar afiado de uma enfermeira, se fosse dentro dos limites da realidade acontecer isso em tal situação, o segredo sendo justamente que não o era.

Quem dirigiu tudo foi o dr. Schiøtz, Bjørn Hansen era o ator que realizava as simulações, mas de acordo com as instruções e as interpretações convincentes do dr. Schiøtz. No entanto, as providências mais importantes do médico foram as que ele tomou para evitar que Bjørn Hansen entrasse em contato com pessoas que seriam capazes de desmascará-lo. Outros médicos, sem que o dr. Schiøtz estivesse presente, terapeutas ocupacionais e fisioterapeutas. Em outras palavras, impedir que Bjørn Hansen fosse mandado para uma casa de convalescentes, onde seria submetido a reabilitação e programas de exercícios especializados. O hospital de Sunnaas representou uma ameaça, com a qual apenas a autoridade do dr. Schiøtz impediu Bjørn Hansen de travar conhecimento. O dr. Schiøtz fez a observação de que seria desnecessário mandar o paciente para lá, um programa de exercícios em casa era uma solução igualmente eficiente e muito mais barata, um argumento irresistível. No entanto, para impedir que um fisioterapeuta de Kongsberg tratasse Bjørn Hansen, o dr. Schiøtz disse que teve de usar alguns truques, mas daria tudo certo e nada seria detectado, a não ser que o caso todo fosse desvelado por outros motivos.

    Bjørn Hansen se encontrava numa cadeira de rodas. Em seu apartamento. Rodava dentro do apartamento, deixando o tempo passar. Aguardava ansiosamente a expedição árdua para o espaço fresco e as ruas do supermercado. Não poderia reclamar. Algo que, aliás, seria impensável. Esse fora seu plano, que tinha sido colocado em prática. Mas no fundo ele era a obra do dr. Schiøtz.

    Com um desgosto nada pequeno, começou a ver a si próprio como uma obra assinada pelo dr. Schiøtz. A essa altura, Bjørn Hansen teve de admitir que tomou consciência de que o dr. Schiøtz deliberadamente o acorrentara à cadeira de rodas, pelo resto da vida. O médico poderia tê-lo impedido (quando Bjørn Hansen, recém-chegado de Vilna, foi mandado para ele, de cadeira de rodas, no hospital de Kongsberg na terça-feira da Semana Santa, então poderia ter dito, assim que os dois estivessem a sós: não, vamos parar agora, e aí Bjørn Hansen não poderia ter continuado), mas não teve coragem de fazer isso. Pelo contrário, prosseguiu, implacavelmente. Num clima insuportável ("brincadeira perigosa"), encenou a última viagem para o outro lado, de onde não havia volta sem consequências catastróficas para os dois (e para o dr. Lustinvas). Até esse ponto, os dois se salvariam (mas o dr. Lustinvas não). O dr. Schiøtz porque tinha exposto a simulação de Bjørn Hansen, e, além do mais, nenhuma pista apontava para ele (mesmo se Bjørn Hansen o alegasse, como uma possibilidade hipotética), e Bjørn Hansen porque evidentemente enlouquecera e, portanto, precisaria de uma licença médica e de ser submetido a tratamento psiquiátrico antes de poder retomar seu cargo como tesoureiro de Kongsberg. Entretanto, o dr. Schiøtz implementara o projeto sem piedade, nem mesmo perguntando a Bjørn Hansen se realmente queria aquilo, nos segundos antes de tudo se tornar sério, para a vida inteira. Era como se o dr. Schiøtz temesse que Bjørn Hansen, que afinal estava na cadeira de rodas e sabia que continuaria ali, embora não precisasse, mas só seria obrigado a fazê-lo se desse esse último passo sem soltar um grito, apesar de tudo fosse protestar em seu próprio nome, no último segundo, antes de essa brincadeira absurda e perigosa se tornar séria. Que motivos o dr. Schiøtz teria? Que forças o moviam?

Por que o dr. Schiøtz teria forçado isso a acontecer? Que alegria profunda ele teria em acorrentar um homem sadio a uma cadeira de rodas dessa maneira? Pelo menos, não poderia ser para vê-lo sentado ali, pois no início do mês de setembro, Bjørn Hansen poderia constatar que não tinha visto o dr. Schiøtz desde o "exame" no hospital de Kongsberg cinco meses antes. Primeiro, tinha pensado que o dr. Schiøtz não queria correr o risco de procurá-lo, porque alguém, por exemplo, o pessoal do serviço de enfermagem domiciliar, então poderia "surpreendê-los" em companhia um do outro, mas qual seria o problema? O fato de que um médico visita um de seus pacientes, que suspeita levantaria? Nenhuma, pelo menos não se apenas fossem "surpreendidos" uma única vez, algo que não seria provável, mesmo que o dr. Schiøtz tivesse procurado Bjørn Hansen com frequência e regularidade. Entretanto, o dr. Schiøtz tinha telefonado. Ele tinha conversado com o médico pelo telefone. Três vezes, durante os últimos dois meses. Nessas ocasiões, desempenhara o papel do médico atencioso que liga para lhe dar força. Com uma voz meiga, havia perguntado como estava, elogiando Bjørn Hansen quando este disse que "a vida continua". Dera-lhe boas dicas sobre como desenvolver a musculatura dos braços, já que agora os braços sozinhos teriam de substituir muito daquilo que os braços e as pernas em conjunto tinham feito de forma simples e funcional antes. Enfim, indagara sobre questões práticas, por exemplo, o fato de que Bjørn Hansen, sob recomendação do vice-prefeito, havia solicitado a aposentadoria por invalidez, além de perguntar se Bjørn Hansen já havia recebido o dinheiro do seguro a que tinha direito. Não se tratava de um grande valor, apenas 160 mil coroas, e dizia respeito a um seguro de viagem bastante comum. Mas ao fazer perguntas sobre o seguro, o que o dr. Schiøtz fizera as três vezes em que ligou, o dr. Schiøtz estava aludindo àquilo que ligava Bjørn Hansen tão fatalmente ao próprio médico, e vice-versa, pois era parte do acordo entre os dois que metade do dinheiro do seguro caberia ao dr. Schiøtz. Por sinal, a certa altura durante o planejamento tinham discutido se Bjørn Hansen deveria fazer um seguro maior, mas rejeitaram a ideia, já que seria arriscado demais fazer esse tipo de seguro tão pouco tempo antes de o sinistro coberto pelo seguro de fato ocorrer. No entanto, ao aludir a esse seguro de viagem modesto, e ainda por cima todas as três vezes, o dr. Schiøtz lhe dera um sinal secreto de que não tinha "esquecido" nem recalcado seu projeto conjunto, que agora se realizara, como também continuava comprometido para com ele, algo que Bjørn Hansen ouviu com uma sensação de alívio.

    No início de setembro, a seguradora informou que o dinheiro tinha sido liberado e depositado em sua conta bancária. Ele fez a enfermeira domiciliar sacar vinte mil coroas. Alguns dias depois, entrou em contato com o filho, pedindo que sacasse 25 mil coroas, das quais deu cinco mil ao filho, que ficou muito feliz. Encontrou-se com o filho do lado de fora da Escola Politécnica de Kongsberg, no pátio aberto, que estava banhado do sol límpido de outono; sentado na cadeira de rodas, com uma manta sobre os joelhos, ele estendeu cinco mil coroas ao filho antes de voltar para casa. Telefonou para o dr. Schiøtz no hospital. No decorrer da conversa, mencionou que o dinheiro do seguro havia chegado. Em seguida, colocou quarenta mil coroas num envelope e aguardou. Já na mesma noite, o dr. Schiøtz veio.

Bjørn Hansen recebeu o médico sentado na cadeira de rodas, abriu a porta para ele, de sua maneira trabalhosa, e entrou na sala na frente dele. O dr. Schiøtz encontrou sua própria obra, que ao mesmo tempo era o projeto voluntário de Bjørn Hansen. O encontro terminou em consternação para Bjørn Hansen, pois quando o dr. Schiøtz foi embora, Bjørn Hansen ficou ali, totalmente isolado, e com uma imagem de si mesmo que lhe deu um susto de verdade. Primeiro, ficou desapontado porque suas tentativas de fazer contato com o médico foram rejeitadas. Qualquer convite à cumplicidade era ignorado. O dr. Schiøtz estava sob o leve efeito de drogas e interessado somente no dinheiro. Aquilo que Bjørn Hansen tinha entendido como um reconhecimento formal do pacto entre eles, no sentido de que Bjørn Hansen, ao dar o envelope ao dr. Schiøtz, cumpria com suas obrigações, e o dr. Schiøtz, ao recebê-lo, confirmava, por sua vez, que tinha assumido tais obrigações, de modo que a entrega do dinheiro era para ser vista como um ato simbólico, fortalecendo ainda mais o vínculo entre os dois, era inexistente para o dr. Schiøtz; para ele, o *dinheiro* era o que importava, e a única razão por que se encontrava ali naquele momento. Seu comportamento ressaltou isso. Olhou em volta inquieto e se animou ao avistar o envelope que Bjørn Hansen tinha deixado sobre o aparador, onde só havia esse objeto. – Isso é...? – perguntou, e tão logo Bjørn Hansen fez que sim, pegou o envelope depressa. Deixou-o no bolso interno e conferiu o relógio. – Sinto muito, mas preciso ir – disse. – Tenho um compromisso importante. – Bjørn Hansen olhou para ele e foi aí que ficou consternado. Pois isso não fazia sentido. Era só um teatro. Não foi por causa do dinheiro. O tempo todo o dr. Schiøtz tinha demonstrado certa atitude evasiva com relação ao dinheiro, mesmo desde o início. Na ocasião, havia colocado como requisito para sua participação o recebimento da metade do dinheiro do seguro. Mas logo depois o próprio médico havia rejeitado a ideia de fazer um seguro lucrativo, por ser arriscado demais. Mas será que teria sido arriscado mesmo? Bjørn Hansen achava que não, pelo menos não um risco grande. De qualquer forma, o dr. Schiøtz não estava disposto a correr risco *algum* a fim de poder enfiar, digamos, 1 milhão direto no bolso. Mas por míseros oitenta mil ele põe mãos à obra. E está extremamente ansioso para embolsar o dinheiro. Telefona três vezes perguntando se chegou. E assim que chega, aparece de imediato. Não fazia sentido, de jeito nenhum. Será que estava tentando fazer Bjørn Hansen acreditar que tinha feito aquilo pelo dinheiro? Por oitenta mil coroas? O que eram oitenta mil coroas para o dr. Schiøtz? Nada. De fato, era toxicodependente, mas as drogas ele conseguia no hospital, de graça. Tinha dinheiro sobrando e, de resto, em todos os anos que Bjørn Hansen o conhecera, de modo algum parecera ganancioso ou mesquinho. Por que será que agora tentava fazer Bjørn Hansen acreditar que no fundo era assim, alguém capaz de fazer quase qualquer coisa por oitenta mil coroas?

  O dr. Schiøtz procurava um motivo com que poderia conviver, essa era a única explicação que Bjørn Hansen conseguia enxergar. Com que conviver, em relação a si mesmo e em relação a Bjørn Hansen. Mas também, supôs Bjørn Hansen, e isso em última instância, o xis da questão, com que poderia conviver se caísse e afundasse, quer dizer, se o segredo de alguma forma ou outra viesse à tona. E havia apenas uma maneira de deixá-lo vir à tona agora: se Bjørn Hansen se "entregasse" ou se o dr. Schiøtz se "entregasse". Nesse caso, o médico precisava ter um motivo, para poder explicar o que tinha feito. Aí poderia dizer que o tinha feito pelo dinheiro, e Bjørn Hansen poderia confirmá-lo, pois notara o comportamento do dr. Schiøtz, o fato de ele ter vindo tão logo Bjørn Hansen conseguiu o dinheiro e de que o dinheiro era a única coisa que estava em sua cabeça. O motivo era a ganância, o ganho financeiro. Isso a sociedade obviamente iria engolir, pois era tão desprezível que ninguém inventaria admitir tal coisa se não fosse forçado a fazê-lo. Mas, para o dr. Schiøtz, era absolutamente necessário deixar claro esse motivo desprezível e falso, a qualquer custo. Se fosse desmascarado, ele estaria acabado, afundado, e, pensando bem, o dr. Schiøtz estava ciente disso agora. No entanto, era necessário para esse homem, ao pensar em si mesmo como acabado, afundado, desmascarado, ser capaz de dizer que o fizera por dinheiro. Por isso precisava de Bjørn Hansen. Para confirmar seu alegado motivo após uma revelação imaginada, algo que significava tanto para ele que estava disposto a aumentar o risco de ser exposto. Pois a chance de que Bjørn Hansen se "entregasse" tinha aumentado consideravelmente a essa altura, do ponto de vista do dr. Schiøtz, já que Bjørn Hansen deveria ter se dado conta de que o dr. Schiøtz não era um cúmplice, alguém que ele tinha obrigação moral de proteger, consequentemente impedindo-o de se "entregar" porque então seu cúmplice se afundaria, mas alguém que participava em troca de dinheiro, apesar de ter alguma curiosidade intelectual em relação ao projeto. Isso era o que Bjørn Hansen agora supunha que o dr. Schiøtz pensava que Bjørn Hansen pensava. Mas por que isso era tão importante para ele? Só poderia significar que o dr. Schiøtz não quis chamar a atenção para seus verdadeiros motivos. Ele o tinha feito por dinheiro. Não porque... Ai, quais eram os motivos do dr. Schiøtz?

Bjørn Hansen não tinha como saber. Mas sabia que sua natureza era tal que o dr. Schiøtz não poderia reconhecê-los. Era capaz de reconhecer, se fosse necessário, que mandou Bjørn Hansen para a cadeira de rodas porque este o quis, por dinheiro. Mas não por outra razão, e foi então que o horror desse ato ficou claro para Bjørn Hansen. Quem era ele, Bjørn Hansen? Que estava (de livre e espontânea vontade) numa cadeira de rodas? O que havia de tão horrível nisso que fez com que o dr. Schiøtz, seu cúmplice, preferia ser julgado como uma pessoa desprezível e gananciosa a chamar a atenção para o que de fato isso significava para ele?

– É só metade – disse Bjørn Hansen, abatido. – São quarenta mil, não oitenta mil. Não arrisquei sacar mais. Não dessa vez. O restante você recebe daqui a meio ano. – O médico olhou para ele e fez um gesto de assentimento. – Tudo bem – disse. Estava mexendo os pés com impaciência, ansioso para ir embora. Bjørn Hansen fez um gesto de desistência. – Então vamos combinar daqui a seis meses. O mesmo lugar, o mesmo horário. – O dr. Schiøtz fez que sim. Deu um breve adeus, sem qualquer tentativa de ser o médico atencioso que visitava seu paciente.

Depois de o dr. Schiøtz ter ido embora, Bjørn Hansen ficou ali sozinho. Temia seu próprio destino. Estava totalmente só, mas era a obra de outro homem. Ele era a obra de outro, mas esse outro não tinha coragem de enfrentar sua obra, não aos olhos dos outros nem aos próprios olhos. O que ele tinha feito? O que havia de tão terrível nisso que até o dr. Schiøtz precisava se precaver, fazendo um recuo diante da acusação de que era cúmplice do projeto de Bjørn Hansen? O que havia de tão apavorante no fato de Bjørn Hansen estar numa cadeira de rodas voluntariamente e de o dr. Schiøtz ter contribuído para isso? Para o próprio médico? Eram seus motivos ou era o ato em si? Será que era sua motivação ou era o horror inerente ao fato de que

Bjørn Hansen estava numa cadeira de rodas por livre e espontânea vontade? As razões de seu envolvimento deveriam ter algum parentesco com as do próprio Bjørn Hansen, mesmo que houvesse uma diferença entre contribuir para que alguém se colocasse nessa situação e ser esse alguém, pensou Bjørn Hansen. Sobre seus próprios motivos, ele nem pensava muito mais. Não conseguia mais lembrar por que estivera tão obcecado com essa ideia. Sabia que *tinha estado*, sim, mas já não era capaz de explicar por quê. Tentou se recordar, encontrar o fio que fez com que de fato tivesse realizado aquilo. Pelo menos não poderia ser a vida de cadeirante que o fascinava. Tampouco poderia ser a ideia de que estaria numa cadeira de rodas, se passando por paraplégico sem sê-lo e assim enganar todos os outros. Não se tratava de um fascínio irresistível pela ideia de fazer a sociedade, os amigos, os conhecidos, o próprio filho de bobo que o levou a fazê-lo. Mas o que foi então? Não sabia. Mas ele o tinha feito. E ao pensar que o tinha feito, lembrando a atração insana que sentira quando a ideia lhe ocorreu, podia constatar que no fundo sentia uma satisfação profunda por esse ato já ter sido cometido e ser um fato consumado, e essa profunda satisfação correspondia estreitamente ao fascínio que sentira diante da ideia de que seria possível realizar esse ato, como se fosse um eco, uma confirmação íntima, uma conexão, assim como um rio que enfim encontrara seu curso e agora fluía calma e veladamente, por sua alma. Não tinha nenhum problema em rebater todas as noções e ideias que tivera, e que sempre teria, sobre algo que poderia dar uma explicação racional ou louvável para isso, pois tal explicação não existia. Toda vez que tentou, rebateu-a com implacabilidade depois de algum tempo. Chamar esse ato de "uma façanha", ou "uma revolta", ou "um desafio" lhe parecia pomposo e ligeiramente ridículo. Tampouco era capaz de ver alguma maravilha no fato de que conseguia levar as pessoas a acreditar que era paraplégico e tinha de ficar numa cadeira de rodas, quando a verdade era que não havia nada de errado com ele (fora o estômago que não parava de lhe incomodar, e os dentes, que também continuavam a lhe incomodar), na verdade era só estúpido, constrangedor até, sobretudo pelo fato de que estava fazendo uso dos recursos da sociedade, expondo as pessoas do serviço de saúde, que de modo geral são pessoas generosas, muitas vezes idealistas, a uma piada que no fundo lhe deixava um gosto de vergonha, quase de náusea, na boca. Mas mesmo assim, algo sobre o fato de que havia realizado esse ato lhe enchia de uma calma úmida, escura. Isso ele não podia, nem queria, negar, e não emudecia ou cessava, embora o horror do dr. Schiøtz diante do mesmo ato também o horrorizasse, além de que afinal teria de reconhecer que agora estava totalmente sozinho, sentado assim, em sua solidão muda, aguentando o espetáculo desse ato que lhe dera uma clarividência, de modo muito radical, sobre o que se esconde atrás da expressão de "ser levado diretamente para a perdição", e de olhos abertos.

Sim, o encontro com o dr. Schiøtz lhe causara um sobressalto. Agora realmente estava sozinho com aquilo. Em seu apartamento. Dia e noite. Mas aí tocou o telefone. Era Herman Busk. Bjørn Hansen ficou feliz. Talvez Herman Busk o tivesse percebido, pois imediatamente convidou Bjørn Hansen para almoçar no domingo, algo que ele aceitou. Não tinha visto Herman Busk desde o "acidente", havia relutado, mesmo que Herman Busk com frequência tivesse aventado a ideia de que deveriam se ver logo, e não só conversar por telefone. Mas agora ele havia aceitado.

Herman Busk o buscou no domingo. Subiu até o apartamento, o qual eles deixaram juntos e então pegaram o elevador para o térreo e saíram na rua. Herman Busk o empurrava pelas ruas e avenidas até sua casa numa das antigas áreas residenciais de Kongsberg. Era um belo dia de outono, ensolarado e com árvores cuja folhagem havia adquirido um fulgor incandescente. Um ar fresquinho, que tinha um efeito revigorante sobre Bjørn Hansen, que estava sentado na cadeira de rodas, sendo conduzido por seu amigo Herman Busk. Herman Busk também parecia animado, sim, feliz. Falava alegremente e com a maior facilidade, enquanto caminhava e empurrava a cadeira de rodas. Chegaram ao casarão do dentista, e Herman Busk subiu o caminho de cascalho com cuidado. Ele o manobrou escada acima, cauteloso e a solavancos, e entraram no hall, onde dona Berit veio recebê-lo. Ela estava de avental e acabara de sair da porta da cozinha, de onde um cheiro delicioso de cordeiro assado se espalhava.

Herman Busk o conduziu para dentro da sala de estar, onde os dois senhores tomaram um aperitivo antes da refeição. Enquanto o faziam, ele podia ouvir e ver dona Berit mexer, ora na cozinha, ora dentro da sala de jantar, onde dava os últimos retoques no arranjo da mesa. Enfim ela veio e disse que estava servido. Herman Busk se levantou e levou Bjørn Hansen para a sala de jantar. Ali a mesa estava posta, e do mesmo jeito que ele a vira cem vezes antes, com a exceção de que onde estivera sua cadeira agora havia um buraco vazio, dentro do qual Herman Busk acomodou Bjørn Hansen. Toalha de mesa branca. Serviço fino de porcelana, copos de cristal, talheres de prata e guardanapos brancos adamascados cuidadosamente dobrados para cada couvert. Herman Busk se sentou no seu lugar de costume. Dona Berit trouxe as travessas. Cordeiro assado, feijão-branco e batatas assadas ao forno. Molho à base do caldo do cordeiro. Simples e saboroso. Dona Berit, agora como antes, insistia em assar o cordeiro um pouco mais do que era o costume hoje em dia, de modo que ficava bem passado, e não cor-de-rosa por dentro, e ainda que Bjørn Hansen em geral o preferisse cor-de-rosa, nada poderia se comparar ao cordeiro assado de dona Berit, isso ele sabia por experiência e agora aguardava a refeição com verdadeiro prazer. Herman Busk serviu o vinho tinto, e as travessas foram passadas entre os comensais. Era almoço de domingo na casa do dentista Busk de Kongsberg.

A conversa fluía leve e tranquila, do jeito que deveria. Berit e Herman Busk, ambos estavam radiantes de ter seu velho convidado e amigo de volta à mesa do almoço. Mas no meio da refeição, Bjørn Hansen sentiu que precisava usar o toalete. Ficou irritado consigo mesmo, deveria ter lembrado de ir ao toalete em casa, antes de Herman Busk ter vindo buscá-lo, mas com certeza estivera agitado demais. Tentou se segurar. Depois de um tempo, teve de admitir que não dava. Disse que sentia muito, aquilo causava tanta perturbação. Também não era nada agradável para eles, foi o que disse quando Herman Busk se levantou e o levou até o lavabo. Lá, outra provação os aguardou. O lavabo era pequeno demais para que a cadeira de rodas entrasse. Ao contrário do apartamento de Bjørn Hansen, o casarão de Herman Busk não fora adaptado a cadeirantes (o apartamento de Bjørn Hansen ficava num prédio residencial moderno de meados da década de 1980, onde isso fazia parte dos regulamentos; se eu não tivesse vivido naquele apartamento talvez nunca pensasse na ideia que me trouxe até aqui onde estou, Bjørn Hansen muitas vezes pensara, meio brincando). Herman Busk ficou desesperado. Olhou para Bjørn Hansen sem saber o que fazer.

– Eu me viro – disse Bjørn Hansen. – Mas prefiro ficar sozinho.

Herman Busk abriu a porta do lavabo e posicionou Bjørn Hansen na cadeira de rodas rente à parede, se afastando depressa. Voltou para a sala de jantar, enquanto Bjørn Hansen calmamente se levantou e saiu da cadeira de rodas. Ele entrou, na ponta dos pés, aliás, no lavabo. Foi a primeira vez que tinha feito isso, o tempo todo tomou cuidado para seguir as regras do jogo, mesmo quando estava totalmente sozinho em seu apartamento e ia realizar tarefas difíceis do ponto de vista de um cadeirante. Mas agora se levantou e estava mijando, em pé, como se fosse a coisa mais natural do mundo.

Dentro da sala, o casal Busk estava esperando. Ali fora estava Bjørn Hansen, em pé, mijando. Imagine se soubessem! De repente, Bjørn Hansen sentiu um desejo intenso de que Herman Busk inadvertidamente entrasse no corredor e o visse ali mijando. Não seria tão improvável. Herman Busk com certeza queria saber se Bjørn Hansen conseguira sentar no vaso sanitário sozinho, ou se ele talvez devesse ajudar, apesar de tudo. Mas era impossível. Herman Busk nunca agiria com tamanha falta de educação. Pois Bjørn Hansen pedira que o deixasse sozinho e Herman Busk compreendeu por quê. Não quis ser visto em posições humilhantes, como, por exemplo, se arrastando pelo chão até o vaso e se erguendo sobre o assento, para depois fazer o mesmo caminho humilhante (por ser visto) de volta. Podia confiar em Herman Busk. Sabia que dona Berit e ele estavam sentados na sala de jantar, à mesa, prestando muita atenção, à escuta, prontos para sair correndo se ouvissem um estrondo (por ele ter caído) e entendessem que precisava de ajuda. Mas caso contrário, não. Ele estava completamente confiante de não ser descoberto ao estar ali, em pé, como se fosse a coisa mais natural do mundo.

Mesmo assim, não conseguiu abandonar o intenso desejo de ser visto. Por seu amigo Herman Busk, que de repente surgiria no corredor, vendo-o em pé ali, tal qual estivera antes de ser atingido pelo acidente tão sem sentido. Tinha certeza de que Herman Busk o compreenderia. Psiu, ele teria sussurrado, colocando o dedo indicador sobre os lábios diante do amigo boquiaberto, que mal poderia acreditar no que via. Mas depois de Bjørn Hansen ter feito o sinal de psiu, ele teria se recomposto, dado um sinal de assentimento, feito um gesto com as mãos indicando que era uma surpresa agradável. Ele se tornaria um iniciado, e o que mais Bjørn Hansen poderia desejar do que iniciar seu amigo

Herman Busk nessa coisa incompreensível que impusera a si mesmo? Talvez pudessem colocar dona Berit a par da situação também, porém, Bjørn Hansen não tinha tanta certeza disso. Mas Herman Busk o compreenderia. Não a razão por que o tinha feito, mas o fato de que o fizera, e, já que o tinha feito, ele o aceitava, se deixando ser iniciado no segredo. Tinha certeza de que Herman Busk iria compreendê-lo e aceitá-lo. Se ficasse ali por muito tempo, mais cedo ou mais tarde Herman Busk viria até ali, pois se Bjørn Hansen não voltasse, dona Berit e o marido trocariam olhares preocupados, e Herman Busk teria de superar sua resistência a ir até ali e possivelmente ver seu amigo numa situação em que não gostaria de ser visto, e em que Herman Busk, consequentemente, não gostaria de ver seu amigo, mas algo deveria ter acontecido a essa altura, já que estava tão silencioso lá fora, e Bjørn Hansen ainda não tinha voltado. Fique aqui, pensou, e mais cedo ou mais tarde Herman Busk vai vir e me ver, e terei um iniciado em minha vida. Não o fez. Terminou de mijar, balançou o pinto, andou (na ponta dos pés) até o corredor e, sem fazer barulho, sentou na cadeira de rodas outra vez. Não teria sido certo fazer aquilo. O que fazia agora também não era certo, mas sua vida tinha ficado assim. Não poderia voltar atrás, não por um sonho lindo (e talvez duvidoso) de que seu amigo se tornasse um iniciado. Seu destino era viver sem que ninguém estivesse iniciado no fato horripilante de que estava sentado numa cadeira de rodas como paraplégico sem sê-lo. Ele conduziu a cadeira pelo corredor estreito e entrou na sala de jantar, cuja porta Herman Busk tinha deixado aberta de par em par, pronta para sua volta. Os rostos dos dois se iluminaram ao ver seu amigo infeliz, que enfim resolvera tornar a frequentar sua casa.

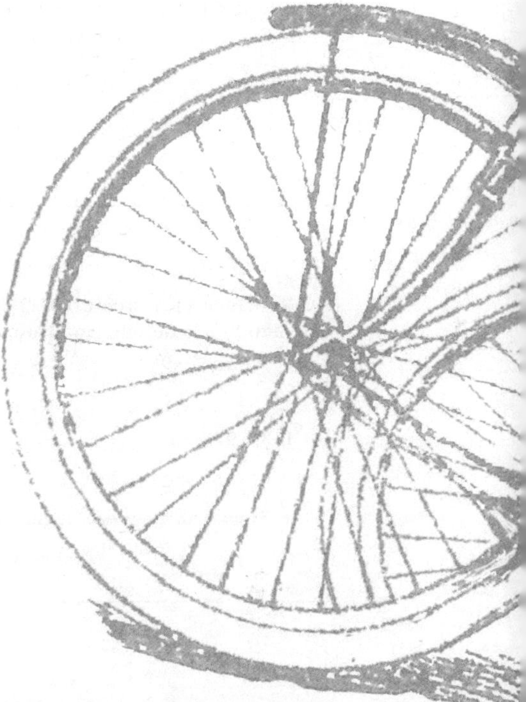

romance 11 livro 18
©1992, Forlaget Oktober A/S.
©2016, Numa Editora

Tradutora: Kristin Lie Garrubo

Editora: Adriana Maciel
Editora assistente: Lia Duarte Mota
Revisor: Eduardo Carneiro

Projeto gráfico, diagramação e capa: Design de Atelier/Fernanda Soares

Edição em português do Brasil publicada através de acordo com Aschehoug Agency e Vikings of Brazil Agência Literária e de Tradução Ltda.

Foram respeitadas, nesta edição, as regras do novo
Acordo Ortográfico da Língua Portuguesa

Todos os direitos em língua portuguesa reservados à Numa Editora
www.numaeditora.com

S689r

    Solstad, Dag, 1941-
        Romance 11, livro 18 / Dag Solstad ; tradução: Kristin Lie Garrubo. – Rio de Janeiro : Numa, 2016.
        160 p. ; 21 cm.

    ISBN 978-85-

    1. Ficção norueguesa. I. Garrubo, Kristin Lie II. Título.

                                      CDD – 839.823

Fonte: Gandhi Serif Papel: Polen Soft 90/m2 Impressão: Offset Gráfica: Impressul